ジャガイモ農家の村娘、剣神と謳われるまで。

Jagaimo nouka no muramusume, Kenshin to utawarerumade.

1

有郷 葉
Arizato You
Illust. 黒兎ゆう

CONTENTS

Jagaimo nouka no muramusume,
Kenshin to utawarerumade.

第一章

入学

Jagaimo nouka no muramusume,
Kenshin to utawarerumade.

私、トレミナは昔からおっとりしていると言われてきた。

自覚はないけど、周囲からよくそう言われるのでそうなんだろうと思う。幼い頃に好きだったのは、釣りと絵を描くこと。どちらも没頭すると、気付けば日が暮れていた。いや、没頭という表現は正しくないかもしれない。なんとなく同じことをずっと続けている、がしっくりくる。

……やっぱり、私はおっとりしているんだろう。

そんな私が生まれ育ったのは、コーネルキアという国の、北の端にある農村だった。ジャガイモの一大産地で、村もイモ畑に囲まれている。

国でも有数ののどかさだけど、この環境が私の性格を培ったわけじゃない。

なぜ断言できるかといえば、お隣にとても活発な女の子が住んでいたから。セファリスといって、勝気で運動神経が良く、男子とケンカしても絶対に負けなかった。彼女は一つ年下の私を何かと気にかけてくれて、二人で姉妹のように育つ。

真逆の性格の私達。自分はやがて家の仕事を継いで、この村で平凡な人生を送ると確信していた。茶色のショートヘアに黒い瞳。地味な私は農家がお似合いである。

対して、セファリスは騎士になりたいといつも口にしていた。彼女なら夢を叶え、ゆくゆくは英雄と呼ばれる存在にもなれるだろう。名前もどこかそれっぽい。トレミナでは、ジャガイモを作っているのがお似合いである。

ところが、予期していなかった事態が。

発端は私が四歳の頃、新たにできた騎士の養成学校だった。セファリスはこれに入ると心に決めていて、幼い頃から訓練と両親の説得を続けていた。五年後、努力は実を結んでいよいよ入学する運びになったんだけど……。

出発前日の夜、セファリスが私の部屋にやって来た。入学後は寄宿生活になるから、なかなか会えなくなる。別れの挨拶にでも来たのかと思ったけど、

「これからずっとトレミナに会えないなんて耐えられないわ！　でも騎士になる夢も諦められない！　お願い！　お姉ちゃんと一緒に来て！」

想定以上に、彼女は妹《わたし》に依存していた。

「無茶言わないで。今から入れてもらえるわけないよ」

「ダメ元でお願い！　トレミナ、王都に行ったことないでしょ。観光だと思って」

結局根負けして、一度お城を見ておくのも悪くないか、と同行することにした。

そんな経緯で到着した王都コーネフィタルは、当然ながら村より遥かに巨大で、人も断然多かった。市場には初めて見る食材やグルメがたくさん。その中にはフライドポテトの屋台もあった。揚げたてのポテトに好みのソースをかけてくれる。都会の住民にも結構な人気で、私も一つ購入。これは我らがジャガイモに違いない。町で頑張っているとは、なんとも誇らしい気分。

「なぜここまで来てイモを。相変わらずマイペースね。さあ、まずは学園に行きましょ。お姉ちゃん、全力で頼みこむから」

養成学校は王都から少し離れた郊外にあった。

周囲を高い壁に囲まれ、まるで要塞のような外観だ。さらに、壁は端が見えないほど長い。

「お願いします！　この子も入学させてください！　私は……、私は……、この子がいないとダメなんです！」

まさかの泣き落としである。

セファリスが全力で頼みこんでも、結果は予想通りだった。

「急に言われましてもですね、きちんと手続きを踏んでいただかないと……」

ゲートでは騎士の男性が渋い顔を作っていた。そりゃそうですよね……。

そのとき、一台の馬車が門をくぐって中へ入っていった。すれ違い際、中に乗っていた白い髪の少女と目が合う。気品漂う綺麗な子で、同い年くらいに見えた。

そんなことには目もくれずにセファリスが諦め悪く粘っていると、中から慌てた様子で別の騎士が出てきた。応対してくれていた騎士に何か耳打ちする。

途端に彼はシャキッと直立。

「そちらの方の入学申請を受理しました。どうぞ、お入りください」

「やったわ！　あ、この子は私と同じ部屋にしてくださいね」

そんなバカな。

＊

統一暦八六五年四月上旬。

観光のつもりが、そのままセファリスと一緒に学園へ入学することになった。九歳にして人生の計画が崩れていく音を聞いた気がした。

要塞のゲートを抜けた先には、信じ難い光景が広がっていた。

「町だ。壁の中に町がある。……王都より大きい」

「ここが王国の守護者、要塞都市コーネガルデです。あなた方の学園の他、騎士団本部、宿舎や訓練施設、あと魔導研究所など、とにかく色々あります。王都にあるものは大体揃ってますね。ないのは城くらいですか、ははは。学生にしろ商人にしろ、都市に出入りする者には守秘義務がありますので後で説明しますよ」

案内役の話を聞きながら思った。

大変な所に来てしまった……、と。

コーネガルデ学園は四年制で、一学年の生徒数は約千人もいるという。入学者は国中から集まってくるのだ。年齢はバラつきがあり、一年生は一〇代前半が多い。私とセファリスはかなり若いほうになる。

それから、学生には国の機関で働く者と同等の給与が支払われるらしく、私達も受け取ることになった。九歳と一〇歳にして、毎月一七万ノアの収入を得た。

ノアとは世界の統一通貨だ。ちなみに王都で買ったポテトは二〇〇ノアだった。

あり余るおこづかいで買い物に走る姉に、私はこう言うしかなかった。

「お姉ちゃん、成金みたいだよ。少しは自重して」

でも、そうしてはしゃぐことができるのも休日ぐらいで、普段は寮と学校の往復で一日が終わった。

学園の授業は大きく四つに分類される。年齢別の教養座学、戦術やマナを学ぶ専門座学、様々な実技、錬気法の実践。

四つ目、錬気法とは生命や力の源であるマナを操る技術のことだよ。私達はマナを認識できていない段階からスタートするので、その感知にほぼ一年を費やす。

ほとんどの生徒達にはこれが一番の苦行になった。なんせこの授業、ひたすら瞑想するだけなのだから。つい居眠りしてしまう子もいる。

「はぁ、真面目にやらないと来年泣くことになるのに」

……教師のこぼした言葉が気になった。

それより、私にとっては瞑想より実技のほうが問題だった。何をやっても誰にも勝てない。木剣を使った手合わせも、かけっこも遠投も、年上はもちろん同年齢の生徒にも全く敵わなかった。最初は意識しないようにしていたが、一か月、二か月と経つうちに段々と耐え切れなくなり……。

ある夜、私は持てるだけの荷物を手に部屋を出た。

考えてみれば、当然の現状だ。

同級生達は騎士を志すだけあって私よりずっとアクティブだし、姉同様に自主練を積んできた者もいる。そもそもこっちは望んで入学したわけじゃないし、卒業しても騎士になるつもりはない。

言い訳ばかりが頭に浮かぶ。消せない感情を誤魔化すように。

……悔しい。

初めて芽生えた気持ちだった。

ゲートに向かっていたはずが、町のベンチに座り込んだまま動けなくなってしまう。

そんなときだ。

顔を上げると、そこには入学初日に見かけた白い髪の少女がいた。

「あなた、大丈夫？」

私に微笑みながら隣に座ってきた彼女は、まず自分のことを話し始めた。驚いたことに少女はこの国の姫で、コーネガルデにはよく来るのだという。

それから気付けば、私は誘導されるように、ここに至る経緯を話していた。

「実は、――――」

「そう、でもこうしている時点で答えは出ているんじゃない？　少し待ってて」

と場を離れた姫様は程なくして戻ってきた。手に何か持っている。

「フライドポテトを買ってきたわ。ジャガイモはあなたの故郷のものよ」

受け取った私はそれをじっと見つめた。確かにもう答えは出ていた。自然と口が動く。

「……私、もうちょっと頑張ってみます。ジャガイモも頑張ってるし」

「え？　ええ、あなたならできるわ。……故郷を思い出して、奮起してほしかっただけなんだけど。

ジャガイモが……？　頑張っている……？　まあ、ここは結果良しとするべきね」

姫は無理やり何かを呑みこもうとしているようだった。つい癖でジャガイモの話をしてしまったが、申し訳ないことを言ってしまったかもしれない。

やがて彼女は態勢を立て直した。

「一つ、いいことを教えてあげる。あなたにはきっと錬気法の才能があるわ。私はそういうのがわかるの」

「私に才能なんて、あるはずないです。全てにおいておっとりなんですから」

「まさにそれこそあなたの才能。私の見極めが正しければ、あなたの精神は並外れて強靭よ。これは錬気法ではとても重要なこと。二年生になれば世界が一変するはずだわ。私の名はリズテレス。いずれまた会いましょ、トレミナさん」

そう言い残し、リズテレス姫は去っていった。

世界が、一変する？

どういうことだろう。信じ難いけど、……信じてみたい。

でも、それも明日からだ。私もとりあえず寮へ戻ることにした。リズテレス姫と話し込んでしまったので、門限をずいぶん過ぎての帰宅になってしまったけど。

寮母さんに心配かけちゃったな、と思いつつ寮の前に到着。

すると、こんな時間だというのに何やら建物全体がやけに騒がしい。猛獣でも入りこんだのか、物が散乱し、ガラスも割れていた。悲惨な状況を眺めていると、寮母さんが「よかったトレミナさん！あれをなんとかして！」と叫ぶ。

直後に、扉を蹴破ってセファリスが飛び出てくる。セファリスは私を見るや、涙を散らしながら抱きついてきた。

「お姉ちゃんをおいて出ていくなんて！　二度とやめて！　わかったわね！」

「うん、お姉ちゃんがどうしようもないってことは、よくわかったよ」

……絶対に村に帰れない理由もできた。

＊

同級生との差を埋めるべく、私は体力づくりの一環として毎晩ランニングすることにした。自分に高度な訓練は無理だと承知している。だから、コーネガルデの町中や公園をただひたすらに走った。

同時に錬気法の修練も進める。才能がある、という姫様の言葉。完全に信じたわけじゃないけど、期待感を抱いて内なるマナを探り続けた。

教科書にはこう書かれている。

マナはそれを望む者に微笑む、と。

マナとは生命エネルギーであり、その使い道は体の内と外に分けられる。

内側は主に身体機能の強化だ。筋肉、視覚や聴覚、動体視力や反射神経、さらには自然治癒力まで、多岐に渡る。

外側においてはエネルギーを武器や防具として使うことができるほか、物質同士の潤滑油のように使用することも。

マナを纏《まと》うとは、内と外を併せた付与を得るということ。

なので、マナに覚醒しているか否かは、大きな差になる。

入学して半年が経った頃、ついになんとなくマナっぽい何かを掴んだ。

モヤモヤっとしていて、捉えようとすればグニャっと変形する。不明瞭極まりないけど、本当にそんな感じなんだよ。だけど最初はこんなものらしい。

元々習得している一部の生徒を除けば、相当早いペースで掴んだほうになる。

マナを心臓の辺りの一か所に集め、そこから体の各部位に送った。

エネルギーが巡るのを感じる。

私は当然、実技の授業でマナを使えば、と考えた。が、

「いけません。トレミナさんマナをしまって」

実技担当、二〇歳のジル先生に止められた。銀色の髪を後ろで結い上げ、眼鏡をかけた、どこか高貴な雰囲気がする先生だ。

先生が言うには、一年生の授業では、公平性を保つためにマナの使用が禁止されているとのこと。

おかげで結局私は、持久走以外は引き続き最下位を独走することになってしまった。

私から遅れること約二か月、セファリスもマナを認識した。こちらも割と早いほうだと言える。

今はベッドの上で座禅を組み、難しい顔をしている。

彼女がやっているのは〈錬〉と呼ばれる、マナを鍛える修行だ。〈錬〉は錬気法の基本であり、日々繰り返せば、マナの質が上がって量が増えていくという。

「ぷはっ、えーと……、一時間半。新記録だわ！」

「おめでとう。私も描けたよ。タイトルは『錬るお姉ちゃん』」

「ありがと、やっぱり上手ね。それより、トレミナもたまには錬りなさいよ」

「ちゃんとやってる。じゃ、走ってくるね」

嬉しそうにデッサン画を眺める姉を横目に、私は部屋を出た。

マナをこねる〈錬〉は集中力が必要で、なかなか疲れる、らしい。らしい、というのは、私の場合は全く違ったためだ。

まず集中するという感覚がよくわからない。なので、なんとなくずっとコネコネしている。疲労感は全然と言っていいほどない。いつやっているのかと問われればそれも、なんとなくずっと。授業中も、絵を描いているときも、ランニングしているときも。朝起きた瞬間から、夜眠りにつく瞬間までずっと練っている。

もしかして私の〈錬〉、間違ってるのかな？　でもマナの量は毎日増えてるし。

錬気法の中でも〈錬〉は基本であり、欠かすことのできない重要な技術。よって教科書ではコツなどが細かに記されている。

その辺は適当に押さえつつ、最も強調されている一文のみ守るようにした。

『何より継続が大切である』

幸い、私の得意とするところでもある。

そうして日々の修行を続け、私は二年生に進級していた。

＊

統一暦八六六年四月上旬。

ようやく実技の授業で、マナの使用が解禁される。私は皆より早く覚醒してるし、少しは有利なはず。せめて今年こそ最下位を脱したい。

まずは徒競走からだ。

一〇〇メートル走のスタートラインに、男女八人の生徒が並ぶ。その一人として、私は淡い願いを胸に立っていた。

「用意、スタートッ！」

合図で駆け出す。

しっかりマナを纏って手足を動かした。無我夢中で走る。

そして、ゴール。

……あれ？　とおかしな状況に気付く。

前にも横にも、誰もいない。振り返ると、一緒にスタートしたはずの他の七人はやっと中間地点の五〇メートルを通過した辺り。同級生達が唖然とした顔でこっちを見ていた。

我に返った彼らの視線が、時計を持った生徒に集まる。

「……七秒、切りました。……トレミナさんのタイムは、六秒台です」

一斉に驚嘆の声が上がった。

だけどまだ最初の種目。二年生初日の実技とあって、この日は様々な競技を一通りこなす。いわゆる、体力テストのようなものだね。

持久走、遠投、高跳び、幅跳び、――――。

マナを纏った私は、全ての種目でクラスメイト達を圧倒した。

何、この状況。まさか、私、皆にかつがれて……？　ううん、そんな雰囲気はない。けれど皆、ちゃんとマナ使ってる？

最後に残すは生徒同士の手合わせだ。

マナをきちんと全身に漲らせる。いざ、というところで。

「いけません！　トレミナさんマナを抑えて」

ジル先生に止められた。彼女が発した次の言葉に、全員が凍りつく。

「同級生を殺すつもりですか」

…………、……はい？

＊

どうやら私のマナ量は、同級生の生命を脅かすほどのものだったらしい……。ジル先生によれば、あのまま剣を振るえば、私は確実に相手を撲殺していただろうと。

……もうちょっと言い方があると思うんだけど。

とりあえずまあ、よかった。私、ちゃんと〈錬〉できてたんだ。でも皆のマナって、……こんなものなの？

そう、予想外の状況だった。マナを使えば、誰でもこれくらいできると思っていたんだから。けれど実際には、私のマナ量は群を抜いていたらしい。

どうしてこうなったのか。少し考えてみる。

まず、私の〈錬〉と皆の〈錬〉の仕方は同じものと想定。それからえーと、私はいつも大体八時間ほど寝る。うん、それくらいは寝てる。そして残りの一六時間はずっと錬りっぱなし。これに対して、他の生徒は二時間錬るのが限度、だよね。

え？　ちょっと待って、じゃあ……。

……私、他の人の八倍速で修行していたってこと？

そして、この考察はあながち的外れでもなかったみたい。体力テストで私が出した記録は、全て学年トップに輝いてしまったので……。

私は最下位から同学年一〇〇〇人を一気に抜き去り、独走する羽目になった。

＊

二年生以降のカリキュラムでは実技と錬気法の修行が統合され、一日の大半がこの授業になる。マナに覚醒していない生徒には非常に辛く、五〇人ほどが学園を去った。

なお、私にも新たに辛い試練が。

……クラスメイト達が怖がって、手合わせに応じてくれない。

手合わせは重要だ。腕を磨くためなのはもちろん、経験感知の習得にも欠かせない。

経験感知とは、向き合った相手の力量がおおよそわかるというもの。直感とマナの共鳴によるもので、これを習得するには実戦を重ねる必要があった。

それなのに、初日にやらかしてしまったせいで、誰も手合わせの相手になってくれない。こうなった責任はジル先生にも大いにあるとして、彼女が相手をしてくれることになった。

だけど、私にとっては幸運だったと言える。

ジル先生はこの学園の一期生で、学生時代から騎士も兼務していたらしい。教員の中でも腕が立つことから、実技の多くを任されている実力者だったのだ。

実際、その強さは手合わせをしてみてすぐにわかった。

ジル先生はクラスを指導しつつ、片手間で私の打ちこみを軽々いなす。

「この国の首席騎士を知っていますか？　私の同級生の女性なのですが、バカで変態のマナ怪物です。トレミナさんは彼女によく似ていますよ。あ、マナ怪物の部分がです。急ぎ〈**調**〉の修練に入りなさい」

〈**調**〉とは、マナをコントロールする技術のこと。本来は、三年生から本格的に取り組むものだ。

でも、私がクラスメイトと手合わせするには必要になる。

「〈**調**〉の習得は時間がかかりますよね」

「あなたには人より時間があるでしょう。錬ってばかりいないで調えるのです」

「なるほど。やってみます」

「それから、もちろん経験感知も必須です。学年末にこれらが間に合わなければ、あなたは屍の山を築くことになりますよ」

「やめてください。先生のせいで私、本当に怪物扱いですから」

物騒な物言いで少し困ったところもあるけど、ジル先生に見てもらえたのはやっぱり幸運だったと思う。先生は放課後も、よく私につき合ってくれた。

そうして木剣を交えるうちに、なんとなく先生のマナが感じ取れるようになってきた。経験感知がだんだんと身についてきたようだ。

夏には、先生が随時纏うマナの量を変え、それに私も合わせる、という練習に入った。

ジル先生はどこか嬉しそうだ。

「これほど早く仕上がるとは。あなたの一番の長所は、真面目にコツコツ訓練を続けるところですよ。トレミナさんのトレはトレーニングのトレですね」

私にはわからないセンスだけど、先生が手放しで褒めてくれるのは珍しい。

そうして先生との打ち合いを重ねているうちに夏休みは明け、ついに私もクラスメイトとの手合わせが許された。

今度こそ、しっかりマナを対戦相手とほぼ同量に調節して臨んだが、それでも私は誰にも負けなかった。皆が同級生を相手にしている間も、さらに夏休み中も、私はひたすらジル先生と打ち合っていたんだから。マナだけではなく、戦闘技術の面でも一歩抜けた実感があった。

でも、手合わせを終えたクラスには、見当違いの安堵感が広がったみたい。

トレミナもそこまで怪物じゃない。いや、これは自分達が上達して差が埋まってきたのでは？　二年生初日の凄まじい記録も偶然に違いない……。

人とは都合のいいように解釈するものだと、ジル先生は言った。

けれど一方で、私も安堵していた。上でも下でも、独走は嫌だった。私がトップ集団に吸収されたことで、ようやくトレミナ怪物説も下火になってくれた。

よし、このまま目立たず穏やかな学生生活を送ろう。そして穏やかに卒業し、村に帰ってジャガイモを作る。

……騎士にはならないよ。騎士は危険の伴う仕事だから。安全で安定した仕事があるなら、私は迷いなくそっちを選ぶ。少しマナが使えるジャガイモ農家として私は生きていくよ。

もう変に注目されることなく、静かに過ごせば夢は叶うはず。

ところが、この夢は危機を迎える。

「別々の山になっちゃったわね。お姉ちゃん頑張るから、トレミナも負けちゃだめよ。決勝で会いましょ！」

この姉のせいで。

コーネガルデ学園最大の年間行事、学年末トーナメントが開幕する。

＊

高い壁と強固な結界に隠蔽《いんぺい》された都市、コーネガルデ。

中でも特に機密性が堅守されている施設がいくつかあり、演習場もその一つだった。普段は騎士が訓練に利用する場所だけど、年に一度、特別に学生にも使用が許される。

それが、二年生からの学年末に行われるトーナメントだ。

このトーナメントの結果が成績に、ひいては給与に大きく影響する。実は学生にははっきりと順位が付けられており、戦闘能力が主な評価ポイントになる。座学の学力はほぼ関わってこない。

そして、クラス内でもクラス対抗戦でも夏から無敗の私は、現在堂々の学年一位。一一歳にして月給は四七万ノアもらっている。もらいすぎである。そういえば、当然のように今回の優勝候補にも挙げられていたけど、優勝したらさらに給与は増えちゃうのかな……。

トーナメントを翌日に控えたある日、セファリスが二人で壮行会をしようと言い出したので、町へと繰り出すことに。

私はあまり物欲がない。なので、大人以上にもらっているお給料は、主に貯金か、比較的興味のある食べることに使っている。

……けど、お姉ちゃんはそうじゃないんだよね。

壮行会は私がよく行くお店でやることになったが、店内に入ってすぐ、セファリスは欲しい物があると言って出ていってしまう。……姉は物欲の塊だ。

彼女の順位は学年八位。一二歳という年齢を考えると驚くべき位置だ。私達以外のトップ一〇位までの他の生徒は全員一五歳以上。二年生の段階ではまだそれほどマナの実力差がないから、やっぱり上位者は年齢が上の者が多くなってくる。その中でセファリスは八位にいるんだから、本当にすごいと思う。私が言うと嫌味に聞こえるかもしれないけど。

ともかく、彼女は私とそう変わらない給料を得ている。が、さっき言った通り物欲の塊なので、すぐに散財してしまう。

どうせ今日も、服とか靴とか買いに行ってるんだろうな。服なんて着れたらいいし、靴は履けたらそれでいいじゃない。いや、靴はサイズが合ってないと困るけど。

……なかなか戻ってこない。先に食べ始めよう。

私がこのお店をよく利用するのは、お気に入りのメニューがあるため。ポテトの入ったオムレツ。ふわふわとろとろの絶品だ。

「いつものやつと……、このニョッキ、それとジャガイモのポタージュで」

大体、毎回同じチョイスになる。

「イモばっかりじゃない。お姉ちゃんなんて意識的にイモを避けてるのに」

「言われてみれば。無意識にジャガイモを選んでいた」

「おっとりしすぎでしょ」

顔を上げると、セファリスが帰ってきていた。彼女はそのままテーブルの向かいに座る。

「それで、お姉ちゃんは何を買いに行ってたの？」

「ふっふっふ、これよこれ」

そう言って取り出したのは、なんと生肉だった。

……ええ、何買ってきてるの。さすがにこれは予想外だ。

「ただの肉じゃないわ。これは、神獣の肉よ！」

そう。この世界には、神と呼ばれる獣達がいる。普通の獣と異なり、知能が高く、恐ろしく強い。人間との関わりも深く、高位の神獣は世界各地の国に所属している。信仰の対象であると同時に、戦争では決戦兵器として活躍していた。

とにかく、神と言うだけあって、人が敵う相手じゃない。

……そういえば、人間でありながら、彼らと対等に渡り合える人達がいるって聞いたことがある。なんだっけ、確か……。

剣神。

人の限界を超え、神に劣らぬ力を備えた者達。人類最高戦力とか呼ばれていて憧れる人も多いらしいが、まあ、私には全く関係のない話だ。私の夢は最高のジャガイモを作ることだから。

「それ、本当に神獣の肉なの？　神獣って言っても野良だろうけど」

私には、ちょっと傷んだ牛肉に見える。

神獣と言ったって、ピンからキリまで様々だ。どこの国にも属していない低位の神獣が結構いて、世界各地で人間を襲っている。それらは野良神と呼ばれ、各国で討伐対象に指定されていた。

私の村も何度か野良神の襲撃を受けた。野良であっても神は神。倒すには騎士が束になってかからなきゃならない。もちろん何人かは帰らぬ人となる。騎士とはそういう危険な仕事だ。

「間違いなく野良神の肉よ。五万ノアもしたんだから。トレミナ、半分こしましょ。これを食べれば明日は私達が優勝よ！」

「優勝できるのは一人だよ」

セファリスの言っていることは間違ってはいない。神獣の肉を食べると、その力を取りこむことができると言われている。生命が漲り、マナの量も増えるんだとか。

そんなすごい肉なので、取引価格は法外だ。

たった五万で手に入るかな？

やっぱり、ちょっと傷んだ牛肉なんじゃ……。

「おや、お二人も食事ですか？」

声に振り向くと、レストランの入口にジル先生がいた。

続いてもう一人、白髪の美少女が入ってきた。

前に彼女に会ったのはもう一年以上前になる。でも、その顔は忘れようもない。

リズテレス姫だ。

「わあ、とっても綺麗な子ですね。先生の妹さんですか？　こんにちはー」

セファリスはささっと生肉を隠しながら、気軽に挨拶をするも。

「こちらは、この国の第一王位継承者、リズテレス様ですよ」

ジル先生が紹介すると、途端にセファリスは硬直した。

……私の姉はめっぽう権力に弱い。

「ぶ、ぶ、無礼を……！　お許しを……！」

かちんこちんな姉に姫様はくすりと笑う。

「無礼ではないから落ち着いて。久しぶりね、トレミナさん。あのとき、私が言った通りになったでしょ」

「はい、……本当に。今日はどうしてこの店に？」

「もちろん食事のためよ。ここのオムレツは絶品だもの」

と彼女はジル先生に視線を送る。

「はい、では私達も食事にしましょう。ところでセファリスさん、どうして先ほど慌てて生肉を隠したのです？」

セファリスは固まりすぎて、もう喋ることもままならない。代わって私が答えた。

「あれ、神獣の肉らしいんですけど」

「え……？　セファリスさん、もう一度見せてください」

姉は額に冷や汗を浮かべつつ、生肉をテーブルに置く。先生はそれを見るなり。

「これはただの牛肉ですよ。しかも、ちょっと傷んでいますね」

あ、やっぱり。

リズテレス姫はしばらく肉を眺めた後に、

「悪質な詐欺ね。ジルさん、対処を」

先生に指示を出した。先生は悪徳商人を摘発するためにセファリスを引っ張って店を出ていき、私は姫様と二人きりになる。……次期女王と向かい合ってオムレツを食べることになってしまった。

「明日の試合は私も見学に行くわ。頑張ってね、トレミナさん」

姫からの激励。これは本当に頑張らなければ。

でも大丈夫、自信はある。

明日のためにずっと修練を積み、準備を進めてきたんだから。私は必ずや、誰一人殺すことなく、明日を乗り越えてみせる。

ちなみに、トーナメントには十数人の欠場者が出た。原因は食中毒だそうだ。

第二章

学年末トーナメント開幕

Jagaimo nouka no muramusume,
Kenshin to utawarerumade.

統一暦八六七年二月下旬。

学年末トーナメント、当日。

演習場のロッカールームは緊迫した空気に包まれている。生徒間で散る火花。また、学年順位の上位者は厳しいマークの対象でもあった。私もビシバシ周囲からの視線を感じる。

と、それらとはまた別の視線が。

何かと思えば、物陰からジル先生が手招きで呼んでいた。

「今日はいつもの手合わせよりマナの量を増やしなさい。相手の二割増しです」

「今までずっと抑えろと言っておいて、どういうことです？」

「こういう大舞台では皆張り切ります。マナの質が高まるんですよ」

「そうなんですね。でも私も張り切れば互角では？」

「断言できますよ。あなたは絶対に張り切らない。代わりに逆もないでしょうが」

……これはどういう反応を返せばいいんだろう。

「そうそう、大舞台が相手に逆の作用をした場合は、きちんと対応するように。さもないと、あなたは人殺しに」

それはもういいです。

でも、逆って何？　と思いつつ、長い通路を歩く。

試合が行われる闘技場は第一から第一〇まであり、一位の私は勝ち上がればずっと第一闘技場を使うことになる。

係員の案内に従って定刻通り会場に入ると、中は想像以上に広かった。すり鉢状の観客席に囲まれる形で闘技スペースがある。

視線を一身に浴びながらぐるりと見回す。

結構人が多い。関係者だけの観覧って話だから、騎士の人達かな。

あ、リズテレス姫だ。

一試合目から見に来てくれるとは思わなかった。これは私も張り切らないと。

ジル先生、私は絶対に張り切らないなんて……、私だってその気になれば……、あれ？　張り切るってどうやればいいいんだろう？

まあいいか。

私、頑張るぞ。

よし、張り切った。

人生初の張り切りが済むと、ちょうど向かいの扉が開いた。

対戦相手は男性。一〇代半ばだろうけど、体格はもう大人とほとんど変わらない。何度か学園で見かけた記憶があるけれど、名前までは知らなかった。あ、そういえば私、組み合わせ表見てない。

それよりこの人……。

男性は見て取れるほどに緊張でガチガチだった。さらに、彼の纏っているマナもどこか弱々しい。

「では……、始め！」

試合開始を告げる審判員の合図で、同時に駆け出す。

まず盾で相手の木剣を受けてみた。……やっぱりだ、この人、マナの質が下がってる。これが先生の言う「逆」ってことか。きちんと対応しないと。

そのまま盾で押し返し、スッと彼の懐に。

木剣は使わず、素手で腹を突いて気絶させた。

一瞬でついた勝負に、観客からは「おお」と感心したような歓声。

え？　今のでそんなに沸く？　わざわざ見に来た試合が一瞬で終わったのに？

ああ、そういえばジル先生が言ってたっけ。観客は皆、錬気法の修練者だから、玄人好みの試合が評価されるって。つまり、これが玄人好みの試合だったってことか。

えーっと、リズテレス姫は、
あ、立ち上がって拍手してくれてる……。

お願いですからやめてください。次期女王がそんなことしちゃうと……、ほら、次々に腰を上げて、ああ、もう。

五秒の試合で、観客総立ちのスタンディングオベーションをもらった。

一回戦が終わった後、次の試合まで時間があったので、第二から第一〇闘技場で行われている試合を見に行った。

どこも観客の数は私のときよりずっと少ない。一通り回って第一闘技場に戻ると、客席の人はガクッと減っていた。もちろん姫様の姿もない。もし来ていたのが騎士の人達なら忙しいだろうし、最初の一試合だけ見ようという人が多かっただけかもしれない。

何にしても、次は私も学生らしい試合ができそうだ。

二回戦までまだ一時間以上あるため、客席で小腹を満たすことにする。買っておいたポテトサラダのサンドウィッチを取り出して食べた。試合が進むにつれ休憩時間は短くなるから、のんびりできるのは今だけだと思う。

同級生達の試合をぼんやり見つつ、マナを錬っては調え、錬っては調え。たまに指先に集めてみたり、丸めて宙に浮かべてみたり。

これは〈**集**〉と〈**離**〉という技術。〈**調**〉の次の段階で、三年生の後期くらいから取り組むんだそう。

錬気法もこのあたりまで進めば、攻撃戦技の習得が可能になるらしい。いわゆるマナを利用した必殺技だ。この技術にセファリス始め、憧れている子が多いけど、私はいらないかな。ジャガイモ農家に必殺技は必要ないよ。マナ自体は作業に役立つから助かるけど。きっと何十年経っても私の腰はまっすぐだ。

老後に思いを馳せていると、いつの間にか周囲に人が多くなってきた。さらには、私を囲んで人だかりが。

一人の女性騎士が声をかけてくる。

「さっきの試合、見たわよ。噂通り、あなたは別格だってすぐにわかったわ。今もすごくマナを抑えているでしょ？」

「え、はいまあ。あの、もしかして皆さん、私を見に……？」

「もちろんそうよ。姫様に見出された逸材で、団長以来のマナ怪物なんて聞いたら、チェックせずにはいられないわ」

「……逸材。……怪物」

「何より、あのジル様があなたの教育係になるために、わざわざ学園に入ったんだもの。気になるじゃない」

彼女は「じゃ、次も頑張って」と言うだけ言って人だかりの中へ消えていった。

…………。

……ちょっと待って、思考を整理しないと。

姫様に見出された、というのはその通りだし、怪物も前に聞いた。

そう、ジル先生だ。先生は私のために先生になった、ってこと？

どうしてそこまで？

これを指示したのって、間違いなく……。

私を囲んでいた人の壁が開き、一斉に敬礼をする。そこに現れたのは、

「もうすぐ二回戦よ。この後も期待しているわ、トレミナさん」

リズテレス姫だ。

……とりあえず、考えるのは後にしよう。今は試合に集中しないと、相手の子を危険に晒してしまう。

とにかく、確かなことは、私はすごく注目されているということ。対戦相手は気の毒としか言いよ

うがない。大ギャラリーがセットされたステージで戦う羽目になるんだから。緊張するなというほうが無理だ。

私も当然、見られてるって意識はあるよ。でも、体は普通に動くし、マナの質にも変化なし。なので緊張はしていない、と思う。これまで緊張した経験がないから、よくわからないけど。

ただ、相手の子もずっとガチガチ、というわけでもないようだった。

私との試合はこういうものだと心構えして来るからか、二回戦、三回戦、と進むにつれてマナを平常に保ってくるようになってきた。試合をこなして勝ち上がってきてる分、闘争心のほうが上回っているようにも見えるね。四回戦の子は、もう学園での手合わせとそう変わらない印象だった。

それでも、とんとん拍子で進んだ五回戦。

向こうはとても大きな男子だ。身長は一八〇センチ近くあると思う。その巨躯もさることながら、経験感知で見た彼のマナが目を引いた。結構プラス方向に高まっている。

経験感知ってマナの共鳴によるものだから、なんとなく相手の思考が伝わってきたりする。たぶん彼は、「この大観衆の前で一位を倒し、名を上げる！」的な野心を抱いている。

……いいんだけど、少し大人げないと思う。

私の身長は一五〇センチもないし。一一歳だし。ほら、騎士の先輩方も引き気味だ。だけど、実際の実力はこの体格差以上に大きく開いている。

「では、始め！」

男子生徒のロングソードのような木剣をサッとかわし、横に回りこむ。

足払いで巨体を空中に浮かせ、すかさず拳でみぞおちを強打。

最後に、気絶して地面に落下する彼の頭に優しく手を添え、たんこぶができないように保護。

一連の動作にかかった時間はやっぱり五秒ほどだけど、目の肥えた観衆達にはしっかり見えたはず。

うん、またスタンディングオベーション、拍手の嵐だ。なんか、さすが逸材！　とか、さすが怪物！　とか聞こえるけど……。

もちろん、リズテレス姫も満足げに手を叩いている。

あの、私の卒業後の希望進路、ジャガイモ農家なんですけど、……大丈夫、ですよね？

＊

学年末トーナメントもいよいよ決勝戦だ。

私もどうにか無事（誰も殺さずに）ここまで上がってこれた。

準々決勝からは全て第一闘技場で行われていたので、私も全試合を見ていた。だから、反対側の山から誰が上ってくるのか、予想はできていたよ。きっと彼女だろう。マナがずば抜けて高まっている。

そして思った通り、決勝の舞台まで勝ち上がってきたのは彼女だった。

対戦者サイドの扉が開く。入場してきたのは、私より少しだけ背の高い少女。太陽のような橙色の髪に、鮮やかな緑色の瞳。

見慣れた容姿だ。それも当然。同じ部屋で暮らしているんだから。

「こうなるって思っていたわ！　お姉ちゃんは本気でいくからね！」

マナをギラギラ輝かせ、セファリスが私の前に立った。

……この人、たぶん出場者の中で一番張り切ってる。

そっか。これが、張り切る、か。

やっぱり私には無理だ。先生は生徒のことをよく見ている。

そして実は、私とセファリス、学園でのクラスは違うけど、これまで何度も手合わせしている。勝つのはいつも私。でもセファリスは決まって、お姉ちゃんが負けてあげてるのよ、的な空気を出してくる。

「実はお姉ちゃん、トレミナとの試合ではいつもわざと負けていたの……」

なんと、とうとう実際に言ってきた。

「けど今日は本気よ！　だからトレミナも本気で来て！」

……それだけは絶対にできないよ。仕方ない、普段より少し多めに纏って、それっぽく見せておこう。

で、いいですよね？

と傍らに立つジル先生に視線を送った。

決勝の審判員はジル先生だ。この人事は、彼女が教員の中で一番の実力者だという裏付けでもある。まだ二〇歳なのに……。他の騎士から様を付けて呼ばれていたし、本当にどういう人なんだろう。姫様の腹心なのは間違いないと思うけど。

どうして、こんな人が私なんかのために学園へ……？

尋ねたら教えてくれるのかな？

「トレミナさん、試合に集中しなさい。怪我をさせることになりますよ」

する、じゃなくて、させる、ですか。

はい、気を付けます。

よろしい。と言うようにうなずき、ジル先生は右手を掲げた。

「では、これより決勝戦を行います。両者、準備は」

「待ってください！」

セファリスが遮っていた。そして、私を正面から見据える。

「本気で、って言ったはずよ！　お姉ちゃんにはわかるんだからね！」

面倒なことを言い出した。

上手く隠していたつもりだったんだけど。やっぱり一緒に生活しているから隙があったかも。姉は野性的な勘もよく働くし。やっぱりちょっと多めに纏うだけじゃ駄目だったか……。

ところでマナを様態として、大きく分けて四つの型が存在する。

〈全〉＝マナを全力で放出する。五～一〇分ほどが限界。

〈闘〉＝戦闘態勢のマナ。一時間持続できる程度の放出量。

〈常〉＝日常生活仕様のマナ。放出と回復がほぼ同量。

〈隠〉＝マナを抑え、気配を絶つ。放出量は微量、もしくはゼロ。

マナの回復量は総量に比例するため、私が〈常〉でいると学園では目立ってしまう。なので、普段は〈常〉と〈隠〉の間をキープしている。

そろそろ同級生達も経験感知が身につき始めたから、最近は特に気を付けていたんだけど。

「先生、〈闘〉で戦っていいですか？」

「いいわけないでしょう。大惨事です」

ですよね。でも、こうなった姉、本当に面倒ですよ。

「やっぱり！　トレミナがちゃんとやるまで、お姉ちゃん試合しないから！」

セファリスはドカッとその場に腰を下ろした。

ほら……。自慢じゃないですけど、姉の精神年齢は実年齢のおよそ半分（六歳）なんです。本当に自慢じゃないですけど……。

ジル先生は銀色の髪をかき上げ、ため息を吐いた。客席のほうに視線を向ける。

遠目に、リズテレス姫がうなずくのが見えた。

「わかりました。トレミナさん、今回は特別に許可します」

「え、いいんですか？」

「見ればセファリスさんも納得するでしょう。段階的に上げなさい」

「はい、段階的にですね」

おお、やったよ。

実はちょっと嬉しい。基本的に私がマナを解放できるのは、ジル先生と二人きりのときだけ。あとは夜のランニング中に人気のない所でこっそり、とか。一日の大半、マナを抑えて生活している。これって結構もやもやするんだ。例えるなら、そう、ずっと鼻の片方が詰まっている感じ。地味に嫌だよ。

では、お許しが出たので遠慮なく。観客席に同級生達の姿も見えるけど、かなり離れているからバレないよね。セファリスにはあとで口止めだ。

よし、……と、いけない、段階的にだった。体に纏うマナの量を上げる。

……はぁ、やっと息ができた。

騎士の人達がザワッとする。やっぱり先輩方には感知されるみたいだ。

一方で、セファリスはちょっと足をカクカクさせながら立ち上がる。

「さ、さすがお姉ちゃんの妹ね……。じゃ、じゃあ試合を」

「待ちなさい。これはまだトレミナさんの〈常〉です」

「……え？　……こ、これで〈常〉？」

「トレミナさんは今日ずっと〈常〉と〈隠〉の間で戦っていたのですよ。ここからが彼女の戦闘モード、〈闘〉です」

途端にセファリスのマナが弱々しくなった。それを横目に、私は体の内より徐々にマナを引き出し、全身を覆っていく。

これくらいだね、〈闘〉完成。

あれ？　やけに観客席が騒がしい……。ジル先生、どういうことですか？

思わず見やると、ため息を吐いて答えてくれた。

「あなたのマナ量に驚いているのですよ。まさか自分達より多いとは思っていなかったのでしょう。怪物とはいえ、まだ二年生ですからね」

「待ってください。……私、騎士の人達よりマナが多いんですか？」

「ええ、ほとんどの騎士がトレミナさんより少ないですよ。ここに集まっているのは皆、学園の卒業生ですから。計算してみなさい」

えーと、私が六期生で二年生だから、一期生の人でも〈錬〉の修行は長くて七年弱。対して、私は〈錬〉歴一年半、の八倍速だ。あ、軽く超えている……。

「彼らは任務で狩った神獣の肉を食べたりもしていますが、あなたの異常な伸び率の前では微々たるものです。それにしても騒がしいですね」

騎士達は口々に「信じられない！」や「ありえない！」と。その様子を同級生の皆はポカンとした表情で見ている。まずい、先輩方ちょっと黙って。

……いや、これはもう手遅れだ。

学年中に私のマナ量が知れ渡った。目立たず静かに学生生活を送るという私の計画、現時点をもって完全に崩壊したよ……。

……とりあえず、帰ろう。

セファリスもさすがに戦う気なんて失せたでしょ。

「そ、そ、それでこそお姉ちゃんの、い、妹！　さ！　さあ！　始めましょ！」

さっきはカクカクしていた足が、今はもうガクガクに。それでも私に向かって木剣と盾を構えた。

えー……、なんなの、この姉。

「お姉ちゃん、無理しないで。一緒に帰ろ？　ね？」

「嫌っ！　あ、姉として！　妹に負けるわけにはいかないの！　私っ！」

…………。助けてください、先生。

「……仕方ありません。実力行使です。一撃で全て片付くでしょう。セファリスさん、〈全〉を使いなさい」

「でも、〈全〉は禁止のはずじゃ……」

「許可します。……はぁ。死にたくなければ、早くする！」

「は！　はいーっ！」

ジル先生も面倒になってきたようだ。

今回のトーナメントでは全員〈闘〉で戦うように言われている。全力放出の〈全〉はマナの勢いが段違いだからズルはできないよ。

セファリスの〈全〉を確認すると、ジル先生は考え事をするように顎に手をあてる。

「では盾を構えなさい。両手で、です。剣は使わないので捨てておいていいです。〈装〉も〈集〉も未習得なのが痛いですが、まあ大丈夫でしょう」

〈装〉は武器や防具をマナで覆う技術。切れ味や強度が格段に上がる。そして、〈集〉はマナを一箇所に集める技術。熟練者がこの二つを併用すれば、木の枝が鉄の棒より硬くなるよ。

「トレミナさん、剣でこの部分を叩きなさい。絶対外さないように」

ジル先生は盾の中心部分、鉄が貼り付けられた所を指す。私達の盾は木製なんだけど、そこだけ鉄板で補強してある仕様だ。

「いいですか、絶対外さないように。外せば大惨事ですよ」

しつこいくらい注意喚起しつつ、先生はセファリスの背後に回った。

剣を構える私。

闘技場中が息を呑んで見守る。

「じゃあ、叩きますよ」

せーのっ。

ドパン――――ッッ！

まるで爆薬でも仕込んであったみたいに、盾が粉々に砕けた。衝撃でセファリスは弾き飛ばされるが、待ち構えていたジル先生がしっかりキャッチ。

「ふむ、成功ですね。ちょうどセファリスさんも意識を失ってくれました。それでは決勝戦はここまで。優勝はトレミナさんです」

……もはや、試合でもなんでもない。

ただ一つ、確かになったことがある。

同級生達は二度と、私と手合わせしてくれないだろうということ。全力で防御しても、盾が木っ端微塵になるんだから。

──────。


「お姉ちゃん、お願いだから鍵を開けて」

「うう！　ううっ……！　お姉ちゃん今！　すごく辛いの！　一人にして！」

寮の自室に篭ったきり、セファリスが出てこなくなった。

ここ、私の部屋でもあるんだけど。

頼めば泊めてくれる子はいるから、寝床の心配はないか。ランニングにでも行こう。

昔からセファリスは何かと私を守ってくれた。やんちゃな男子、獰猛な野犬。姉は私より強くあらねばと常に思ってきたはず。だから、今日の決勝戦は受け入れ難い現実だったんだろう。

そうは言ったって、どうにか乗り越えてほしいものだ。頑張って、お姉ちゃん。あとできれば、精神的にもう少し成長してね。

夜の町を走りながら、私は決勝戦後のことを思い出していた。ジル先生がおざなりな優勝宣言したのち、リズテレス姫が私達のいる所まで下りてきた。


──────。


「優勝おめでとう、トレミナさん。決勝も素晴らしかったわ」

「決勝が一番ろくでもなかったと思いますが……」

受け答えしつつ、姫の傍らに立つ女性が気になってしょうがなかった。

……この人、とんでもないマナ量だ。

しっかり抑えているのはわかる。それでも、わずかに漏れるマナから伝わってきた。他の騎士達とは別次元だって。

年齢は二〇歳いかないくらいだろうか。容姿は、肩まで伸びたくせのある金髪に、紫色を帯びた瞳。その目の奥から、何か尋常じゃないものを感じる。

見つめ続けていると、向こうも視線を返してきた。

「私の力がわかるとは、お前、子供のくせにやりますね」

共鳴で探っているのがバレた。

すると、リズテレス姫がくすりと。

「紹介するわね。彼女はコーネルキア騎士団の団長、レゼイユさんよ」

ということは、やっぱりこの人が、元祖怪物。

ジル先生もマナは私よりずっと多いけど、たぶんそれより遥かに上だ。そういえば先生、レゼイユ団長のことを変態って呼んでなかったっけ？

「ええ、間違いなくレゼイユは変態です」

あ、またマナ共鳴で考えていることが筒抜けになった。このクラスの人達になると、もう特殊能力だな。

でも、本人の前でそんなにはっきり言っちゃっていいんですか？　団長、怒るんじゃ……、あれ？　いない。

姫の隣にいたはずのレゼイユ団長は、いつの間にかジル先生の目の前にいた。

マナを使った高速移動、かな？　ここで使う意味ありますか？

「ひどいですよ、ジルちゃん。一緒に神獣を貪り食った仲じゃないですか」

「誤解を招く言い方しないで。私や他の騎士は持ち帰って調理しているわ。現地で生食するバカはあなたくらいよ。……はぁ。トレミナさん、あなたもいずれわかりますよ。この女がいかに変態か」

いえ、今ので結構充分です。

「二人共、それくらいで。この場はトレミナさんの栄誉を称えましょ」

スタスタと歩いてきたリズテレス姫は、私の顔を見て微笑む。

……なんだか、すごく嫌な予感がするよ。早めに切り上げたほうがよさそうだ。

「称えられるほどのことはしていません。ダダをこねた姉を殴り飛ばしただけです。じゃ、私はアレを連れて帰りますから。お疲れ様でした」

「まあ、待ってちょうだい。トレミナさんには今日の試合、どれも物足りなかったんじゃないかしら？」

「いえ、そんなことは。どの試合も五秒以上の熱戦で」

「そこで提案なんだけど、明後日行われる四年生の部に出てみない？」

「……お断りします」

「四年生は全員、戦技や魔法を使うから、あなたでも簡単には勝てないわ」

「だと思います。来月には騎士になる人達ですし。ですのでこの話は」

「けれど、トレミナさんならきっとやれるはずよ」

……どうやら、すでに決定事項だったみたい。

私の学年末トーナメントが、再び開幕する。

＊

学年末トーナメント（二年生の部）翌日。

同級生の皆は厳しい競争から解放され、軽やかな心持のはずだ。軽やか、というのは私にはよくわからない感覚だけど、姉によるとウキウキな気分、ということらしい。と言われてもやっぱり私にはよくわからなかった。どうも私の心の重量はあまり変化しないみたいだ。心が軽くなることもなければ、重くなることもない。

ただ、単純に思う。

どうして、もう一度トーナメントに出なければならないのか……、と。

明日開催される四年生の部に、私はエントリーされてしまった。されてしまったものは仕方ないので、せめて今日だけはのんびり過ごすことにするよ。姉によると私はいつものんびりしているらしいけど、そんなことはない。マナを習得してから、相当速く動けるようになった。

その姉、セファリスはといえば、まだ部屋から出てこない。彼女もウキウキな気分にはなれないようだ。

とりあえず、のんびり過ごしがてら、引っかかっていた疑問を片付けようと思った。演習場まで足を運び、ジル先生に時間を取ってくださいとお願いする。今日は三年生のトーナメントが行われていて、先生は昨日同様に大忙しだ。でも、お昼ご飯休憩のときなら、と言ってくれた。

というわけで、ジル先生と二人、オシャレなカフェでランチを……。と思いきや、なぜか二人、公園でコロッケを食べている。

「どうしました？　コロッケは嫌いですか？　トレミナさんに合わせてイモ料理を選んだのですよ」

「いいえ、好きです。イモ料理なので」

ただ、イメージとかけ離れていると言いますか……。

「あなたのイメージでは、私はどこか良家の令嬢、といったところですか」

「はい、まあ……。共鳴で心を読まないでください」

「古い家柄である点では正解ですよ。私の家系は代々、神獣狩りを生業にしているんです。子供の頃から世界中を回る旅暮らしでした。神獣の肉もよく食べていましたし、同時にマナを使った戦闘術を叩きこまれました」

「だから他の騎士より強いんですね。どうしてそんなことを私に？」

「私がどういう人間か、知りたかったのでしょう？　疑問に答えてあげているのです。それから、私があなたの教育係になったのは、リズテレス様のご指示ではありませんよ。私自身の意思です」

そうなんですか、と振り向こうとした瞬間、コロッケが喉のあらぬ所に入ってむせてしまった。お茶を渡してくれたジル先生は、その手でついでに八個目のコロッケを持っていく。

先生、細身なのにすごい食べる。コロッケ二〇個も買うなんてどうするのかと思ったけど、全部たいらげる勢いだ。ハンターの習性なのかな。

あ、それより話の続き。

「先生自身の意思って、どういうことですか？」

「私と姫様は主従の関係にありますが、パートナーでもあります。トレミナさん、あなたは私達が待ち望んでいた存在なのですよ」

待ち望んでいた存在？　……ただの、ジャガイモ農家の村娘ですが。

先生は懐中時計に目をやり、サッと立ち上がった。もう時間のようだ。

「トレミナさん、まだコロッケ食べますか？」

「いえ、二個で充分です」

「では残りは私が。とにかく、これ以上私の詮索は無用です。心配しなくても、全てをあなたに捧げているわけではありません。教員をやりつつ、きちんと副団長の任もこなしています。でないとレゼイユのバカがバカをやりますからね！」

速足で歩き出したジル先生。最後にくるりと振り返った。

「トレミナさんは何よりも明日に集中です。姫様が仰られた通り、四年生は簡単に勝てる相手ではありませんよ。参加するからにはしっかりやるように」

ええーと。

まず私、集中の仕方が今一つわからないんです。

それから、明日は参加したくてするわけじゃありません。
あとは……。
あ、ジル先生、騎士団の副団長だったんですね。

ジャガイモ農家の村娘、剣神と謳われるまで。

Jagaimo nouka no muramusume, Kenshin to utawarerumade.

第三章

学年末トーナメント再開幕

学年末トーナメント（四年生の部）、当日。

私は演習場のエントランスでジル先生を待っていた。色々と確認したいこと、伝えたいことがあるらしい。周囲には当然ながら今日の出場者、四年生の姿が多い。来月から騎士になるとあって、誰も彼も大人と変わらない外見だ。

それにしても、私、すごく見られてる。どうして？　見学に来てる下級生とか、私以外にも子供はいるのに。

あ、ちょうどジル先生が。聞いてみよう。

「あなた、噂になっているのですよ。二年生でありながら、特例で参加が認められたと。注目されるに決まっているでしょう」

「……私からお願いして出るみたいな言い方、やめてください」

「どのみち試合が始まれば同じことです。気にしないことですよ。言われなくても、あなたは全く気にしないでしょうが。さ、まずは健康確認からです。……ふむ、マナに異常はありませんね。体調も問題なしですか？」

「はい、いつも通りです」

「よろしい。では、……なんの用です？　エレオラさん」

そこには、私達を睨みつけるように茶髪の女性が立っていた。身長は一七〇センチほど。ややつり目で、髪はポニーテールに。裏路地にいるガラの悪いやつ、的な空気を漂わせている。

どうしてこんな所にチンピラが？

そんなわけないよね。この人、結構な使い手だ。

「ジル先生、この方はいったい誰ですか？」

「昨日行われた三年生の部の優勝者、エレオラさんです」

その言葉に彼女は眉をつり上げて、圧迫するようにずいっと迫ってきた。

「先生！　アタシは納得いかないんですよ！　どうしてこんな子供が上級生のトーナメントに出るんです！　おかしいでしょ！」

「おかしくありません。彼女、トレミナさんにはその力があります」

「こんな子供がまさか！　納得できません！」

「はぁ……、あなたも面倒ですね。まったく」

も、と言いましたね、先生。わかりますよ、一番面倒なのはうちの姉ですよね。

ジル先生はしばらく考えたのち、私とエレオラさんを交互に見た。

「ではこうしましょう。あなた達二人、今ここで戦いなさい。勝ったほうがトーナメントの出場者です」

「無理ですよ！　こんな小さな子を相手に！」

エレオラさん、見た目に反して良識がある。でも、じゃああなたはどうしたいの？

「彼女は二年生の部の優勝者です。心配ありませんよ。さあ、トレミナさん、あなたも準備を。〈闘〉を使いなさい」

「……〈闘〉、ですか？」

「〈闘〉、です。エレオラさんならそれで通じます」

なるほど、普通はそうですよね。

それでは。

――〈闘〉。

エントランス全体が静まり返った。

その後、堰を切ったようにその場が騒然となる。皆、噂で私のことを聞いていたはずなのに、この反応。肝心のエレオラさんはといえば、口を開けたまま固まっている。

よし、準備万端です。お待たせしました。じゃ、戦いましょうか。

「や！　いいっ！　やめとく！　……トレミナ、だっけ。試合、頑張れよ」

チンピラは物わかりが良くて助かる。というより、これが正常な反応だよ。本当にセファリスは……。うん？　何か聞こえる……？

「こぉのチンピラがぁぁ――！　妹から離れろ――っ！」

ドムゥッ！

全速力で駆けてきたセファリスは、その勢いのまま、エレオラさんの脇腹を殴りつけた。

「このチンピラはお姉ちゃんに任せて！　トレミナはこれから試合なんだから！」

お姉ちゃん、元気になったんだね。よかった。

けど、何してくれてるの？

確かにエレオラさんのガラの悪さはかなりのものだし、遠くから見れば私が絡まれているように見えたかもしれない。でも、いきなり殴っちゃダメだよ。

エレオラさんは脇腹を押さえてうずくまっている。すぐに反撃がこないのを確認し、セファリスは振り返った。

「お姉ちゃんがバカだった。トレミナがどんなに強くなっても、大切な妹であることに変わりはないのに。そして、私がやることにも変わりはないわ。お姉ちゃんは大切な妹を守る！」

正直あまり期待していなかったけど、お姉ちゃん、……本当に成長した。

「このガキ！　急に何しやがる！」

立ち上がったエレオラさん。拳を振り上げてセファリスに向かう。

セファリスは腕でガード。少し後ろに飛ばされるも、タンッと地面を蹴って前へ跳び、回し蹴りをエレオラさんの脇腹に叩きこんだ。

チンピラ女子、再度膝をつく。

一撃目と同じ箇所だ。セファリス、本気で倒しにかかってる。

「なめないで！　私は二年のトーナメントで準優勝したのよ！」

……お姉ちゃん、その人は三年のトーナメントで優勝してるんだよ。

止めなくていいんですか、ジル先生。

「ちょっと様子を見ましょう。興味深いです。――エレオラさん、もしその子に負けるようなことがあれば、あなたの優勝は剥奪ですよ」

「そ！　そんなっ！」

……なんか、彼女が可哀想になってきた。

二人の体格差は大きい。身長一七〇を超えるエレオラさんに対し、セファリスは一五二センチ。けどそんなこと、姉はものともしないだろう。入学してからずっと自分より大きい相手と戦ってきたんだから。

エレオラさんがファイティングポーズをとり、試合再開だ。

先手を取ってセファリスが踏みこむ。

一気に距離を詰めた。連続ジャブで怒涛の攻め。

「調子に乗るなよ！　二年が！　三年の実力を見せてやる！　雷霊よ、アタシの拳に……ひ！」

たぶん戦技を使おうとしたのかな、エレオラさん。

その瞬間、ジル先生の目が光った。威圧のマナを彼女に発射する。

「同じ条件でやりあいなさい。プライドというものがないのですか？　優勝剥奪しますよ？」

「ごめんなさい……」

先生、上級生には厳しいな……。同じ条件ということは、戦技や魔法はなし。つまり錬気法も〈集〉なんかは使用禁止になるよ。それでもエレオラさんのほうが一年長く修行してるわけだし、断然有利なはず。

と思ったんだけど、意外や意外、セファリスが善戦していた。それどころか、もう押し始めてる。

そう、姉を見たときから気付いてはいたんだ。マナが以前とは比べ物にならないほど、すごく力強くなっているって。

「先生、どうなっているんですか？」

「人間的に成長したことでマナの質が高まったようですね。さらに、あの子はおそらくあなたのために戦うとき、大幅に力を増します。ふむ、ブーストも使えるかもしれません」

「なんですか、ブーストって」

「トレミナさん、ちょっと彼女を応援してみてください」

「え……、はい。お姉ちゃん、頑張って」

すると、途端にセファリスのマナが一層の輝きを放った。打ちこんだ右ストレートは、ガードごとエレオラさんを弾き飛ばす。

「うん！　お姉ちゃん頑張るから！　……マナが漲ってくる！」

生き生きとするセファリスに、ジル先生が「ふふ」と笑った。

「元々才能のある子でしたが、ここまで化けるとは。これは思いがけない拾い物ですね。セファリスさんは、トレミナさんとセットだと大いに力を発揮するようです。戦いはマナの量だけで決まるわけではありません。あなたもうかうかしていると追い抜かれますよ」

はい、追い抜いてもらって全然構いません。

それはいいんだけど、本当にこの姉……、なんなの？

「マナが！　漲ってくる！」

「お姉ちゃん、頑張って」

ジル先生が、追加ブーストが可能か知りたい、と言ってきたのでもう一度応援してみた。

なんでしょう、先生。棒読みに聞こえる？　心を込めたエールは、私にはハードルが高すぎます……。それに、姉には充分な効果があったみたいだ。

セファリスの飛び蹴りがエレオラさんの胸部にクリーンヒット。

チンピラ女子は倒れたまま起き上がることができない。勝負がついた。

「よし！　これで私が三年のチャンピオンよ！」

……それは違うと思うよ、お姉ちゃん。

少し笑みを浮かべながら先生がエレオラさんの元へ向かう。今日は上機嫌だな。

「収穫があったので優勝剥奪は許してあげます。しかし、二年生に負けたのは事実。さっさと帰って鍛錬に励みなさい」

「……はい、精進します」

あ、そうこうしている間にもうすぐ試合の時間だ。

「そういえば先生、伝えたいことってなんだったんです？」

「ああ、忘れるところでした。今日はマナの量を相手の五割増しにしなさい」

「多すぎませんか？」

「四年生は戦技も魔法も使ってくる上、戦い慣れてます。実習で神獣とも戦っていますからね。それくらいでちょうどいいはずです」

なるほど、私、もうほぼ騎士の人達と戦う感じですね。

「次はお姉ちゃんがトレミナのことを応援するからね、誰よりも大声で！　二人でチャンピオンになりましょ!」

すみません、エレオラ先輩。うちの姉、チャンピオンの座を譲る気がないみたいです。私はすでに二年生のチャンピオンだし、これで満足なんだけどな。

それにしても、また今日も夜まで戦い続けるのか……。本来なら今頃は帰省の支度をしつつ、村の皆へのおみやげとか買いに行ってるはずなのに。

……うん? 何も勝ち進む必要はないよね?

そうだ、一回戦で敗退すればいいんだ。むしろそれが自然だよ。私はちょっとマナが多いだけの二年生なんだから。うん、そうし……、あ。

「そんなことは、私も姫様も絶対に許しませんよ」

マナ共鳴で、ジル先生に邪な企みが筒抜けになっていた。先生はため息を一つ挟む。

「わかりました。では、もしトレミナさんが優勝できたなら、あなたがジャガイモ農家になることを検討しましょう」

「本当ですか? 本当に検討してもらえるんですか?」

食いつく私にジル先生は強くうなずく。

「ええ、きちんと検討します」

『――このとき、私は大人のズルさを知らなかった。

検討はあくまでも検討であって、決定じゃない。

それを痛感するのはもう少し先のこと。

この日の私は、優勝すればジャガイモ農家になれる、と無邪気に信じて戦うことになる。まったく、どうしようもなく子供だったと思うよ。

剣神（兼ジャガイモ農家）
トレミナ・トレイミーの回顧録』

あれ？　何か今……？

気のせいか。とにかく優勝すればジャガイモ農家だ。たとえ騎士が相手でも負けるわけにはいかない。

闘志を燃やす私にジル先生は呆れた目を向けてくる。

「あなたほど農家を夢見る少女もいませんよ。普通は逆でしょう」

「そうよ、普通は逆よ。お姉ちゃんはイモ農家が嫌で騎士を目指したのよ」

セファリスに普通を語ってほしくない。

とにかく、他人がどうであれジャガイモを作るためなら、私は全ての四年生を倒す。

「何にしてもやる気に、はあまり見えませんが、わざと負ける気はなくなったようなので安心しました。そうそう、先ほど言った五割増し、というのはあくまで目安です。必要だと感じたら〈闘〉を使いなさい。あなたが本気で戦わなければいけない相手も、いるかもしれませんよ？　ふふふ」

楽しみで仕方ない、と顔に書いてありますよ、ジル先生。

＊

私の一回戦は第二闘技場で行われる。初日はずっと第一だったので、そこ以外を使うのは初めてだ。とは言っても造りはどの闘技場も同じ。収容人数も……。

………？

なんだろう、やけに騒がしい。競技場内に入るための扉を開けた。

すると。

人、人、人、観客席は人で溢れ返っていた。私が入場するとより一層の歓声が上がる。座席は全て埋まり、通路も立ち見客でいっぱい。ざっと見でも、昨日の倍以上は入ってる。たぶんこれ、収容人数の限界ギリギリだ。

どうしてこんなに？

セファリスは席に座れたかな。ぐるっと見渡すと、えーと、あ、いた。貴賓席にいるリズテレス姫の隣で、……レゼイユ団長の膝に座ってる。

どうしてそうなった。まあ察しはつくけど。

ともあれ、よかった。権力に弱い姉は借りてきた猫みたいに固まってる。これで大声で応援される心配はなくなったね。

さて、対戦相手は……。

彼は私より先に競技場に入っていた。

ぱっと見、身長は一七〇台の後半くらいだろうか。痩せ型ではあるけど、筋肉はしっかり付いてる感じ。灰色の髪を短く切り、いかにも好青年といった印象だ。

名前は確か、クランツさんだっけ（今日はちゃんと対戦表を見てきたよ）。装備は中盾と木槍か。背も高いし、リーチの長さが厄介だな。

分析を進めていると、やや小声で彼が話しかけてきた。

「気を悪くしないで聞いてね。キミ、今からでも辞退を考えてくれないか？　……俺、キミみたいな小さな子と戦えないよ。マナの量は多いって噂だけど、……キミ、まだ一〇歳くらいだよね？」

「一一歳です。こんな戦いづらい相手で、先輩には申し訳なく思います。ですが、手加減も遠慮も無用でお願いします」

「そう言われても……」

「じゃあ、先輩の〈闘〉、見せてもらっていいですか？」

「……わかったよ。見せたら諦めてくれるかもしれないし」

困惑しつつも、クランツ先輩は臨戦態勢のマナに。やっぱり、二年生とは段違いだし、さっきのエレオラさんより多い。

そして、私はこれの五割増し、だね。

えいっ。いつもより少し多めのマナを出す。

「これが、私の〈闘〉です」

「う！　嘘だろ！　……マナが多いって、まさかこんなに……」

はい、嘘です。実はまだ結構抑え気味です。でも、これで二年生としてはありえない量のマナを持っていると証明できたわけだし、やっと先輩も……、
あれ？　まだ躊躇ってる？

クランツ先輩、温和な人柄で、優しくて、本当に好青年を実体化したような人だ。けど、戦ってもらわないと困るんですよ。

「私が普通の子供じゃないって理解してもらえたでしょ。そちらがどうであれ、私は全力で先輩を倒しにいきますよ」

ジャガイモ農家になるために。

「私はリズテレス様とジル副団長に認められてここにいます。先輩はお二人を侮辱しているのも同然です」

「……そうだね。俺が間違っていた。本気でやるよ。でないと、キミには勝てそうにない」

よし。やっとその気になってくれた。

試合開始だ。

審判員の合図で、双方駆け出す。私の木剣を盾で受けるクランツ先輩。その体が少しのけぞった。

先輩の木槍を私も盾で防ぐ。押されることなく、すぐに弾き返した。

これが纏っているマナの差だよ。

純粋な筋力差を引いても、近接戦闘では私が有利。

するとと、不利を見て取ったか、先輩は一歩後ろへ。全身が二度、大きく光った。すぐに打ち合いを再開する。

……先輩の槍が重くなった。それに、さっきほど私の剣が効いてない。

きっと今使ったのは強化戦技。攻撃力と防御力を上げたんだ。いや、それだけじゃないか。マナを動かしている。攻めるときは槍先に、守るときは盾に。戦いの中ですごく自然に〈集〉を使ってくる。

さすが四年生、というところ。

けど、それなら私にだってできる。

技術面でもギアを一段上げるよ。剣を握る手に力を込めた。私の剣術はジル先生仕込みだ。

カン！　カカン！　カンッ！　カン！　カンッ！

打ち合いは再び私が優勢に。手を緩めずにそのまま押していく。観客席が、歓声や驚きの声に沸いた。

「やっぱり近接戦では分が悪いね。……ごめん、使わせてもらうよ」

そう言ってクランツ先輩は後方に跳んだ。

わざわざ教えてくれるんだから、本当にこの人は優しい。打ち合いに応じてくれた時点でわかっていたけど。そう、何もマナ量五割増しの私と正々堂々殴り合う必要はない、ってこと。戦いはここからが本番だ。

……遠距離攻撃がくる。

私は盾を構えて防御の姿勢をとる。さあ、どんな飛び道具（技）を出してくるんですか、クランツ先輩。受けて立ちますよ。

実は知識だけでも深めようと、昨晩、寮の四年生に教本を見せてもらった。そのまま部屋に泊めてもらい、人気の技能（戦技と魔法をまとめてこう呼ぶ）なんかも聞いている。

……昨日はまだセファリスが立て篭っていたから、部屋に帰れなかったんだよ。

技能は一夜漬けじゃ覚えきれないくらいあったけど、少しはイメージできた。どんな攻撃がきても、慌てず対応してみせる。

戦技でも魔法でも、属性を得るには精霊の力が不可欠。そして、人間が精霊とつながる方法は言霊だ。つまりクランツ先輩の声に注意していればいい。

凝視していると、ついに先輩の口が動いた。

「地霊よ――」

地属性。確か、石つぶてを飛ばしたり、地面から衝撃を伝える技能があった。

「あの子の足を固め、動きを封じろ！　〈地障縛〉！」

あれ？　攻撃技能じゃない？

直後、足元の土がモコモコッとありえない動きをして盛り上がってきた。私の膝上まで這い上がり、ガチッと岩のように硬くなる。

時間にして一瞬。

気が付けば全く脚が動かなくなっていた。固まった土が緩む気配はない。

先輩、この魔法にかなりのマナを込めてる。私のマナ量を考えて、だよね。そして、機動力を奪ったということは、次こそ……。

「……トレミナさん、本当にごめんね」

クランツ先輩、私の名前を。そりゃ知ってるか。……こういう見栄えがいい人に名前を呼ばれると、なんだか背中がむずむずする。それより、こんなときなのにまた謝ってきたよ。

「本気でやるって約束したからね。風霊よ！　槍に宿れ！」

辺り一帯の風が先輩に集まっていく。木槍が軋むような悲鳴を上げた。

……槍を使うってことは、今度こそは戦技がくる。

ちなみに、マナを精霊に属性変換してもらって即座に発動するのが魔法。変換後、一旦体や武器に宿し、技と共に放つのが戦技だ。

「はっ――――――！」

先輩は気合を込めて連続突き。槍先から放たれた風の弾丸が、身動きの取れない私に次々飛んでくる。

ここは防御するしかない。体の前面にマナを寄せてガードするも。

いたっ。あいたたたたたたたっ。

マナが多くてガードが分厚いといっても、痛いものは痛い。ほら、撃たれた所がちょっと赤くなってる。……ターゲットを固定して遠くからボコボコにするとは、なんて恐ろしい戦法を。そりゃ事前に謝ってくるわけだよ。ていうか、謝ったら何してもいいわけじゃないですよ、先輩。

とにかく、このまま的になっていてはいけない。

纏うマナを増やせば、この足の拘束は壊せるだろう。だけど、他にも取りうる手段があるんだよ。

私にはマナの量以外にも、四年生に負けていないと自負しているものがある。

それは、マナの移動速度だ。

私は〈錬〉だけじゃなく、相当な時間を〈調〉に費やしてきた。〈調〉は練度が高まれば、マナを自在にコントロールでき、巡らせるスピードも上がる。

だから、こんな激しい連撃の嵐の中でもできるはず。

全身のマナを瞬時に足へ。

高速足踏み。

ボコッ！　という音で膝まであった土が崩れる。

よし、土くれ拘束破壊。先輩の戦技が届く前に急いでこの場を離脱。

これら一連の動作に掛かった時間は約一秒。やればできるもんだ。……こんな危険なことしなくても、普通にマナを引き出せばいいんだけど。足踏み中に被弾すれば大怪我だし。

だけど、初戦から五割増しの言いつけを破りたくない、というか。

……うーん、破っても仕方ないとも思うんだけど。クランツ先輩はかなり強い。きっと四年生の中でも上の順位のはずだ。まあでも、ここまで来たらきっちり五割増しで勝つよ。

マナの多くを足に残し、私は闘技場を駆け回る。また捕縛されてはたまらない。

先輩の風の弾丸はすごい速さだけど、槍先を向けられなければ大丈夫だ。素早い動きで撹乱しつつ、徐々に接近していく。

ここだ。

地面を強く蹴って一気に懐へ。木剣を振り下ろしながら足のマナを手元に移動させる。

ガキンッ！

私の剣は、先輩がとっさに構えた盾を弾き飛ばした。

衝撃で体勢が崩れたところを逃がさず、喉元に切っ先を向ける。

「……俺の、負けだ。……参ったよ」

闘技場中の観客が、ドッ！と一斉に沸いた。もう、うるさいな。何をそんなに騒いでいるの。

ちょっと聞いてみよう。耳にマナを集中、っと。

「信じられない！　学年二位のクランツが負けたわよ！」

「おい！　学年二位だぞ！　まさか二年に……！」

…………。

……えーっと、聞き間違いではないと思う。耳にマナを集中させたので。

「……先輩、学年二位だったんですか？」

「あ、うん。そうは見えないってよく言われるよ、ははは」

とても爽やかな笑顔だ。戦いの疲れもどこかに飛んでいきそう。

でも私の頭の中には、そう簡単になくならない大きな疑問ができたよ。

……私、どうしていきなり学年二位とぶつけられてるの？

＊

「試合時間から気付いていると思ったよ。俺が二位だって」

戦闘中の張りつめた雰囲気も抜け、クランツ先輩はすっかり柔らかな雰囲気に。

……言われてみればそうだ。学年一位から一〇位までのトップ達がまず各闘技場に振り分けられ、彼らから試合が行われる。そして、これは第二闘技場で行われる最初の試合。

私、たまたまここに組みこまれたのかな？　……そんなわけない。何者かの意思を感じる。

けれど、これで超満員の理由がわかったよ。学年二位と特例出場の二年生。注目されるはずだ。

「先輩、私に負けちゃって大丈夫ですか？　評価とか」

四年生にとって、今回のトーナメントは将来を左右しかねない重要行事なんだよね。彼の進路が心配になった。

「大丈夫だと思うよ。負けたのがキミにだからね」

「どういうことです？」

「トレミナさんが決勝まで勝ち上がってくれれば問題ないってこと」

「……頑張ります」

クランツ先輩は笑いながら私の頭を撫でた。

「プレッシャーかけちゃったかな。ごめんね」

子供扱いしないでください。私はあなたを打ち負かした女ですよ。

……背中がむずむずする。

「私、プレッシャーは感じたことないので大丈夫です」

ようやく手をよけてくれた先輩は「本当に？」と聞いてきた。

「まあ、トレミナさんなら、普通に戦えばいけると思うよ。マナを抑えてあの強さだし」

「バレていましたか。さすが学年二位」

「気付いたのは途中からだけどね。キミならうちの一位ともいい勝負ができるよ」

「学年一位の人、強いんですか？」

「うん、俺はかなり差をつけられてる。四年生では敵無しだし、能力はまさに無敵って感じだ。決勝までに一度見ておくといいよ。学年一位、チェルシャの試合」

……四年の一位、チェルシャさん。

なるほど。それが、私が本気で戦わなきゃいけない相手か。決勝まで何試合もあるし、助言に従って一回は見ておこう。それにしても、負けた相手にここまで親切に言ってくれるなんて、やっぱりクランツ先輩はすごく優しい。

去り際、彼は振り返って再び爽やかな笑顔を作った。

「じゃ、頑張って。応援してるから」

……ですからその笑顔、やめてください。むずむずする。

背中をかきつつ第二闘技場を出ると、リズテレス姫が待っていた。レゼイユ団長とセファリスも一緒だ。

「素晴らしい戦いだったわ、トレミナさん」

姫様は顔をほころばせる。とても満足そうな笑みですね……。

「はい、どうも。……あの、私が学年二位の人とあたることになったのって、姫様のご判断によるものですか？」

「まさか、そんなことするはずないでしょ。トレミナさんの対戦相手は抽選で決めたのよ。私だって、いきなり学年二位との対戦になって驚いたわ。でも、しっかり勝ってしまうんですもの。やっぱりあなたは素晴らしい」

え……？　本当にたまたまだったの？

「ジルさんから、あなたがジャガイモ農家への進路を考えているという件は聞いているわ。コーネガルデ学園は騎士養成のための機関だから、できればトレミナさんにもその道に進んでほしい。けれど、もし今日あなたが優勝できたなら、きちんと検討すると約束するわね」

おお、姫様自ら約束してくれた。

これでもう安心だよ。


『――もう安心？

当時の私は本当に何もわかっていなかった。

大人はズルい。それは間違いない。

けど、大人以上に警戒すべきはリズテレス姫だった。

とにかく私は純真で、何もわかっていなかった。彼女を、見た目通り普通の子供だと思っていたんだから。リズテレス姫は（黒く塗り潰されている）だ。

剣神（兼ジャガイモ農家）
トレミナ・トレイミーの回顧録』

…………？


……えっと、そうだ、リズテレス姫って私と同じ一一歳なのに本当にしっかりしてる。その彼女が約束してくれたんだから大丈夫だ。ジャガイモ農家を目指して頑張らないと。

まあ私は目標への道筋がたって一安心として……。セファリス、どうしてレゼイユ団長に捕まった感じになっているの？　姉は彼女にがっちり肩を掴まれていた。

すると、団長が宣言をする。

「ジルちゃんばかりズルいので、私はこのセファリスを弟子にすることにしました。トレミナより強く鍛えてみせますよ」

「……うん、お姉ちゃん、レゼイユ団長の弟子に、なったの……」

消え入りそうな声。お姉ちゃん、戦っていたときの元気はどこへ。

身長一七〇を超える長身のレゼイユ団長は、ひょいとセファリスを小脇に抱えた。

「これから私は訓練です。付き合いなさい、我が弟子よ」

姉は、荷馬車で連れていかれる子牛のような目で私を見た。

……ごめん、どうすることもできないよ。

とりあえず、まあ……、
私、ジル先生でよかった。

第四章

〈トレミナボール〉

Jagaimo nouka no muramusume,
Kenshin to utawarerumade.

例により、二回戦まで結構な時間がある。

また観客席で軽食を、と思ったんだけど、そうできない事態になりそうだった。クランツ先輩を倒してから、私は一段と注目されるようになった。どこに行っても周囲に人だかりができる。いくらおっとりしていると言われる私でも、この状況では食べづらいよ。

それに、静かに考えたいこともある。

なので一旦演習場を出ることにした。青空のもと、敷地の壁づたいに歩いていくと、ベンチがあった。周りには人の気配もない。緑が多くて気持ちいいし、ここにしよう。ベンチに腰掛け、ポテトサラダのサンドウィッチを取り出す。

そう、一昨日に続き二度目の登場。売ってるパン屋がお気に入りなんだけれど、これ以外にも美味しいのをたくさん取り揃えている。ジャガバターを包んだボリューミーなやつとか、ベーコンポテトを乗せたピザっぽいやつとか、イモがエトセトラ、エトセトラ……。

店主で職人のおじさんとも仲良くなって、私はもう完全に常連だ。お店の名前は『パン工房　エレオラ』。おじさんによると、一人娘の名前を付けたらしい。

……たぶん、あの三年のエレオラさんの家だよね。

彼女はスラムのチンピラじゃなかったわけだ。まあそりゃそうか、人を見た目だけで判断しちゃ駄目だね。とりあえず、トーナメントが終わったら姉のことを謝りに行こう。

というようなことをつらつら思っているうちに、サンドウィッチを食べ切ってしまっていた。違う違う、静かに考えたかったのはパン屋のことじゃない。

この後の試合についてだ。

……学年二位をやっつけたんだから決勝までは余裕、というわけでもないんだよ。クランツ先輩との戦いを見て、皆きっと対策を練ってくる。

マナ怪物と言われる私相手に絶対に避けたいのが近接戦。だから、動きを阻害した上で、遠くから攻撃を仕掛けてくるはず。……結局クランツ先輩と同じ戦法なんだけど。

それに、私にとって厄介なのは攻撃技能より足止めのほうだったりする。先輩の〈地障縛〉みたいにかなりのマナを込めてくると思うんだよね。

どんな拘束であれ、その場で機転を利かせないといけないから攻略が大変になってくるし、なんなら毒系なんて怖いのもある。属性の代わりに毒術をマナにすりこんでくるのが毒系技能で、麻痺や幻覚などを引き起こす。まあ、拘束でも毒でも、マナも時間も消耗させられるのは間違いない。

せめて私も遠距離攻撃が使えればな……。

目の前にマナの玉を浮かべた。これが飛んでいってくれたらいいんだけど。

私ができるのは、体から離したマナを維持する〈離〉まで。その先の、念じてマナを飛ばす〈放〉は未習得だ。

じーっとマナ玉を見つめる。

動け、動け。

飛べ、飛べ、飛んでみせてよ。

……ダメか。もうっ。

苦し紛れにペシッと玉を叩いた。

するとマナ玉は空中をコロコロ転がっていく。

あ、と思っているうちに演習場の壁にマナ玉が接して、
ボコッ！

と壁に大きな穴を開けた。

…………。

しまった……。あれに結構マナを込めてたみたい。大きな穴だ、……あとで弁償しよう。ジル先生に、反抗期ですか？　とか言われそうだけど……。

けど今の、どうして飛んだんだろう。〈放〉はできないはずだよ。

もう一度マナ玉を作ってみる。そして指先で……。おっと、横は危ない。上方向へ。

下からそっと触れてみた。玉は空高く昇っていき、やがて青色に紛れて見えなくなった。

ふむ、直接触って、意思を注入すれば飛ぶようだね。

……あれ？　じゃあ私、〈気弾〉撃てるんじゃない？　〈気弾〉とは、掌からマナの塊を放つ無属性の戦技だ。斜め上に手をかざし、強く念じた。

〈気弾〉出ろ。

掌からにゅーっと出てきたのは見慣れたマナ玉。もちろん、到底〈気弾〉と呼べないそれは、飛ぶことなくその場で浮かんでいる。

えー……、なんでだ。期待したのに。

ムッとして手で払った玉はフワフワと再び演習場の壁へ飛んでいき……。

ボゴッ！　とさっきより一回り大きな穴を開けた。なんて大きな穴。

……あ、今回は強く念じたからか。あとで弁償しよう。

もう一度マナ玉を製作し、眺めながら熟考する。

私、やっぱり〈**放**〉の習得度が中途半端だ。飛ばせるのはいいけれど、もし試合でこれを使おうとしても、このスピードじゃ相手に確実に避けられるし。うーん、どうしたものか……。んん？

ふと、マナ玉を手に取る。

……これ、投げたらいいんじゃない？

＊

――そして、二回戦。

会場入りすると、相変わらず超満員の観客席から一斉に声が上がった。

早速あの技を試すよ。〈**気弾**〉ならぬ〈**気投げ**〉。

こんなものは戦技にもなっていない。一旦マナ玉を作り、さらに投げなきゃならないから、明らかに〈**気弾**〉より時間と労力を要する。

でも、私の場合はそれほどマイナスにならない、と思う。

マナを動かす速度には自信があるから、玉の形成は一瞬。また、投げるという動作もプラスに働くんじゃないだろうか。人間の身体は投げるために全身の筋肉を使う。つまり、体に纏っているマナの力を上乗せできるはず。

私の〈**気投げ**〉、結構強いんじゃないかな。

二回戦の審判はジル先生だった。

「おや？　トレミナさん、剣は構えないのですか？」

「はい、これで構いません。いつでも始めてください」

「よくわかりませんが、いいでしょう。では――」

始め！　の合図と同時に、右の掌にマナ玉を構築した。全身のマナを投擲動作に最適化。

一方、対戦相手の四年生男子は、やっぱり足止めにくる模様。

「水霊よ――」

させませんよ。こっちは無詠唱で、もう準備も万端。あとは投げるだけ。

よいっ、しょっと。

力いっぱい、マナ玉を相手に向けて放った。

ドッシュ――――――ッ！

私の投げた豪速球は相手の腹部に命中した。勢いは止まらず、彼の体をさらって闘技場の壁に叩きつける。

ズンッ、……という鈍い音。

開始二秒の決着に、満員の観客席はシーンと静まり返る。

……結構強い、どころじゃなかった。

これは、完全に力をセーブしなきゃならなかったやつだ……。……あの人、大丈夫かな？　生きてる、……よね？

倒れた彼を見て、ジル先生がくるりと振り返った。

「安心なさい、生きています。それにしてもトレミナさん、恐ろしい戦技を編み出しましたね。〈気弾〉に全身の力を上乗せするとは……。あなたの〈放〉が完璧なら、彼の体は二つになるところでした」

「……未熟でよかったです」

「しかし盲点だった技ではありますね。新戦技として認定してあげますよ。名称は何にします？〈デッドボール〉ですか？　〈殺人球〉もいいですね」

「お任せします……」

結局、この新戦技は〈トレミナボール〉という名で正式に登録された。

後に続くトレミナシリーズの、記念すべき第一号となる。

＊

二回戦が終わって、ジル先生についてくるように言われた。

連れていかれたのは同じ演習場内にある広々とした部屋。闘技場よりもう少し広いだろうか。観客席はなく、あちこちに巨大な石の壁が立っている。

「ここは実験室。技能の威力を検証するための部屋です」

つまり、外壁をボコッとさせないためにある部屋ですね……。

「こんな場所があったんですね。それで、どうして私をここに？」

「決まっているでしょう。〈トレミナボール〉がいかに危険か教えるためです」

「……もう重々理解しています」

「いいえ、まだです。いいから聞きなさい。あなたも〈オーラスラッシュ〉は知っていますね？」

「はい」

武器にマナを集め、波動として放つのが〈オーラスラッシュ〉だ。遠距離攻撃の戦技の中でも、基本の技と位置づけられている。

「その通りです。ですが、あなたが使えば高威力の必殺技になります」

ええ、なんでそうなるんですか。

「やっぱりわかっていませんでしたね……。〈トレミナボール〉も〈オーラスラッシュ〉も、腕を振って体の力を使うのは同じなんです。人より多くマナを纏っている者は、加算される力も大きくなることを忘れてはなりません」

「え、じゃあ危険なのはボールじゃなくて」

「トレミナさん自身です。最後に実演してあげます。あなたの〈闘〉は……、これくらいですね。あなたならあと一か月で〈放〉を習得できるでしょう」

ジル先生は手の中に高威力のマナ玉を作ると設置された壁に向かい、むん！　と気合の声と共に投球。

ドンッ！　ドンッ！　ドッ！　シュー……。

マナ玉は厚さ五〇センチ以上ある石の壁を二枚貫通し、三枚目をへこませて消滅した。

ジル先生はくるんと私のほうを振り返る。

「これが一か月後の〈トレミナボール〉です。わかりましたね？」

「……はい、しっかり目に焼きつけました」

「同様のことが多くの攻撃戦技で言えます。本来ならこの講義は進級してから行う予定でしたが、あなたがあんなものを編み出してくるから……。まったく！」

「すみません……」

初めて戦技を習得したのに、どうして謝らなきゃならないのか。理不尽に感じつつ、納得できるところもあった。

先生だけじゃなく、四年生達も〈トレミナボール〉は使えるだろう。でも、その威力は〈気弾〉に少しプラスした程度。なるほど、〈トレミナボール〉とは、〈トレミナが投げると危険なボール〉だったということだね……。

実は、本当に危険なのは進化版の〈トレミナボールⅡ〉だったんだけど、その誕生はもうちょっと先の話になる。

とにかく、〈放〉が未熟な現在でも手加減して投げないと。対戦する先輩方が危ない、と私は配慮する気満々でいたのに――。

――三回戦。

試合開始時間を過ぎても、一向に相手が出てこない。審判員が様子を見に行き、程なく戻ってきた。

「棄権するそうです。トレミナさんの不戦勝になりました」

――四回戦。

「相手方の棄権により、トレミナさんの不戦勝です」

凶悪な遠距離攻撃を身につけた私は、攻略不可だと判断されたようだ。開始二秒で詠唱の間もなく上級生がノックアウトされたんだから気持ちはわかるけど。

なんか、もやもやする……。

楽だし温存できるからいいはずなんだけど。なんか、もやもや……。

この様子ならどうせ次も不戦勝でしょ？　と思っていたら違った。

――五回戦。

闘技場の真ん中に、ぽつんと盾が立っている。……いやいや、ダジャレじゃなく見たまんま。縦一五〇センチくらいの大盾だ。

後ろで屈んでいるのかな？

マナを感知してみると、どうも普通に盾を構えているらしい。え、私より小さい。子供？　じゃないよね。四年生だもん。とにかく、棄権はしないってことでいいのかな？

「では……、始め！」

合図と同時に向こうの盾が光った。さらに、その前方に半透明のマナの盾が展開される。もちろん大盾にもマナを集めてる。

これは……、投げてこいって言ってる？

私がマナ玉を持って悩んでいると、盾の裏側から女性の声が。

「どうした？　早くその殺人ボールを投げてくるがいい。ふふ、心配は無用だ。こちらは〈**ガードゲイン**〉に、〈**プラスシールド**〉まで使っている。必ず受けきってみせるぞ」

親切に戦技を教えてくれた。彼女の名前は確か……、あ、コルルカ先輩だ。

じゃあ投げるけど、ここまで言ってくる相手に手加減したら失礼だよね。溢れんばかりのやる気が私にも伝わってくるし。

それならば。

あっちの五割増し状態、本気の〈**トレミナボール**〉で。

「わかりました。投げますよ、いいですね？」

「うむ！　ドンとこい！」

では遠慮なく。せいやっ。

思い切り振り被った。

ドン！　ギュルルルル――――ッ！

おお、本当に〈**トレミナボール**〉を受け止めた。というより、盾にマナ玉が引っ付いてるよ。

マナとマナがせめぎ合ってるんだ。

ギュルルルルルル――――ッ！

「ぐぬぬぬぬ！　なんという玉だ！　負けるかっ！　であーっ！」

コルルカ先輩のマナが力強さを増す。

盾を振り払うと、弾かれたマナ玉は上へと勢いよく飛んでいき、闘技場の天井に穴を開けた。

だけど、同時に先輩の大盾も観客席に飛んでいっちゃったよ。これは引き分けかな。私は〈**トレミナボール**〉をまだ何十発でも撃てるけど。

小さな先輩は、その場にガクッと片膝をついた。

「盾を失ってしまうとは、ここまでか……。くっ、殺せ……！」

「いえ、普通に降参してください」

＊

一回戦の後、クランツ先輩は私に言った。

学年一位チェルシャさんの試合を見ておいたほうがいい、と。

なので今、その試合を観戦しようと観客席に来た。けど、これは……。

「どういうことですか？　クランツ先輩」

「俺もこうなるとは……。とにかくごめんね」

その爽やかな笑顔で謝れば、なんでも許してもらえると思ってませんか？　確かに、大抵の女性は大抵のことを許してしまうでしょうが。私に向けても背中をむずむずさせる効果しかないです。

……まあ、先輩に八つ当たりしても仕方ない。

現在は準決勝。闘技場に立っているのは審判員と噂のチェルシャさん、二人だけ。

対戦相手は出てこない。

私にはわかる。なんせ、このパターンは何度も経験しているから。

相手方棄権による不戦勝だ。

準決勝に限った話じゃない。チェルシャさんは一回戦からずっと不戦勝。つまり、まだ一度も戦っていないんだよね。これでは当然ながら能力の確認もしようがないよ。私はぶっつけ本番で最強の敵と対峙することになる。

「情けない話だ。私なら相手がチェルシャだろうが逃げはしない！」

そう言ったのはコルルカ先輩だ。

先輩は身長一四〇センチちょっとだけど、年齢は一六歳らしい。残りわずかな成長期に全てを懸けているそう。一ミリでも多く伸びるよう、私も祈らずにはいられない。

などと密かに神頼みしていると、コルルカ先輩がその赤い瞳で見つめてきた。

「なんとなくだが、トレミナ、私の背の低さについて考えてないか？」

「さすがに敏感ですね。先輩はどうして逃げるのが嫌なんです？」

「騎士だからに決まっているだろう。騎士とは逃げずに耐え抜くものだ」

そうだとしても、先輩はまだ学生ですよ。

結局、〈トレミナボール〉の習得発覚後に挑んできたのは、この変わった信念を持つコルルカ先輩だけ。そう、私も六回戦から準々決勝までずっと不戦勝続きだった。

「私も準決勝はまた不戦勝かな」

呟くと、クランツ先輩がため息をつきながら席に座った。長身の彼はようやく立ったままの私達二人と同じくらいの目線になる。

「トレミナさんのマナ量で、あれだけ体を使う戦技を撃たれると、ほんと怖いんだよ……。俺だってどうするか考えたと思う。チェルシャに次ぐ防御力を持つコルルカが、一発しか止められなかったんだから」

「一発だが！　私は止めた！」

胸を張る小さな先輩を横目に、ふと私は不安を覚えた。

「私、チェルシャさんとは本気で戦っていいと言われているんですけど、大丈夫でしょうか？　コルルカ先輩のときの倍近いマナ量で全力投球して、本当に平気ですか？」

心配しての言葉だったのに、コルルカ先輩のプライドに障ったようだ。

「トレミナ貴様！　もう一度私に投げてみろ！　全力で！　だ！」

「コルルカ、命を無駄にしちゃダメだよ。チェルシャなら平気平気。マナは四年の中でも群を抜いて多いし、扱う精霊が普通じゃないから。そうだ、試合見れてないし、少し教えてあげるよ」

暴れるコルルカ先輩に慣れているのか、先輩は苦笑いで代替案を提示してくれた。

「はい、お願いします」

「チェルシャが使うのは光の精霊だ。その特性は――」

クランツ先輩の話を聞き終え、私は闘技場内のチェルシャさんに目をやった。身長は一五〇センチ台の半ばくらい。ほっそりしていてリズテレス姫に匹敵する美少女だ。

だけど、彼女は相当強い。

持っている能力も、マナの多さが武器の私には天敵のように思える。

そもそも、こんなに強い人がすでにいるなら、私は必要ないんじゃ。

おとなしくジャガイモ農家にならせてほしい。

けれど、この強い美少女を倒さなければ、ジャガイモは作れないというならやるしかない。

そして、私も予想通りに不戦勝で終えた準決勝の試合後。

「お！　いたいた！　おーい！　トレミナー！」

会場を後にする私に遠くから手を振り振り、笑顔で駆けてくるエレオラさん。その後ろにはクランツ先輩とコルルカ先輩もいる。

……あれ？　私達、そんなに仲良かったっけ？

「お前なら絶対決勝まで行くって思ってたよ。これ、うちの親父からパンの差し入れ。なんでか全部、イモ使ったやつだけど」

さすがおじさん、わかってる。

「ありがとうございます。わざわざ応援に？」

「応援っていうか、単純に見逃したくないっていうか。楽しみなんだよ」

すると、クランツ先輩とコルルカ先輩が同時にうなずく。

「俺も実は楽しみなんだ」

「私もだ。楽しみで仕方ない」

そして、声を揃えて。

「『マナ怪物トレミナ　対　無敵天使チェルシャ』の試合が」

……結構単語多いのに、綺麗にハモった。

＊

さあ、決勝戦だ。

会場に入ると観客席はもう混雑なんてレベルじゃない。騎士や学生で溢れ返っている。というより、本当に溢れて闘技場の仕切りの壁の上に座っている人までいた。

皆、何がなんでもこの一戦が見たいんだ。

それもそうか。クランツ先輩の話では、チェルシャさんはまだ学生にして、その強さは騎士になればすぐに上位一〇位内に入るのが確定的、なんだとか。卒業間近の現在、大注目されている学生だ。

それなのに、このトーナメントで彼女はずっと剣を握ることはなかった。

そんなチェルシャさんも、ざわめく観客席に視線を送っていた。

見ているのは……、リズテレス姫？

向き直った彼女は、今度は私に微笑みかけてきた。薄紅がかった髪に、金色を帯びた瞳の美少女。笑うと一層可愛い。都会的な雰囲気もあり、田舎娘の私とは大違いだ。

「そんなことはない。トレミナも素朴で可愛い。どんぐりみたいで」

「どんぐり……。マナ共鳴で心を覗かないでください」

「ごめん。とにかくトレミナには感謝している。二年生ながらこのトーナメントに参加してくれて。おかげで、修練の成果を姫様に見てもらえる」

「リズテレス姫に、ですか？」

「そう、私が強くなったのも、騎士になるのも、全て姫様の役に立つため。だから今日は本気でやる。トレミナも全力で来て」

すごい忠誠心だ。リズテレス姫、この人でいいじゃないですか。私は村に帰らせてください。勝って堂々とそう言おう。

でも、まずはこの試合だ。

……あっちも全力でって言ってくれてるし、通常の〈闘〉でいいですよね？　と審判員のほうに目をやった。やっぱり決勝の審判はジル先生が務めるみたい。

「ええ、もちろんです。では二人共、準備はいいですね？」

はい、とジル先生の言葉にうなずいたのは私だけだった。

「よくない。トレミナは二年生で勉強不足。私の使う技能を教えてあげる。戦技は〈**アタックゲイン**〉、〈**ガードゲイン**〉、〈**スピードゲイン**〉。魔法は〈**エンジェルモード**〉。どういうものか説明すると、戦技は」

「あ、大丈夫です。大体はクランツ先輩から聞いたので。……それと、勉強不足ではなく、まだ習ってないだけですから」

「あのお喋りめ。人の能力をペラペラと。あとで折檻」

「やめてあげてください」

チェルシャさん、物言いは直截的だけど、律儀で素直な感じがするね。

……そう、チェルシャさんの戦技はすでにクランツ先輩のおかげで予習済み。そのときにも思ったけれど、彼女の能力はもう完成されていると言っていい。

今明かしてくれた戦技のうち、三つのゲイン系は強化戦技だ。いわゆる必修科目で、四年生のこの時期になれば皆が全三種習得済み。一個でも取りこぼすと留年してしまう恐ろしい戦技でもある。強化は基本なのでしっかり身につけなさいって方針らしい。

問題は、彼女がゲイン系の戦技以外に使用する技能が、たった一つしかないということ。

つまり言い換えれば、一つで事足りる、ということだ。

互いに〈**闘**〉の状態で向かい合う。

……チェルシャさんのマナ量は、他の四年生より断然多い。けれど、私の半分程度。普通なら怯んでもおかしくない差なのに、彼女のマナは全く揺るがない。それどころか、自信に満ち満ちている。

逆にこっちが気遅れ……、は別にしないね。至っていつも通りだ。

「あなたならそうでしょうね。では試合開始です。始め！」

ジル先生のかけ声で、私は手の中にマナ玉を生成。同じタイミングでチェルシャさんの体が一回だけ光る。私が投擲《とうてき》体勢に入ったときには、彼女はもう横に駆け出していた。

速い。

さっきの光は〈スピードゲイン〉だ。これ、当てられるかな？　いいや、投げちゃえ。

だが、案の定、〈トレミナボール〉は、ドスッ！　と壁に穴を開けただけだった。

そして、チェルシャさんはこの一球を避けた段階で、完全体になるための充分な時間を得た。

「光霊、私をすごく強い天使にしろ。〈エンジェルモード〉」

……詠唱も直截的ですね。

言霊は万人共通というものではなく、自分にしっくりくるものがいいらしい。率直な表現を好む彼女は、文言通り、今からすごく強い天使になる。

シュルルルル――――……。

幾重もの光の帯がチェルシャさんの体を覆っていく。煌《きら》めく繭ができたかと思うと、巨大な二枚の翼が広がった。

降臨を告げる眩い波動が闘技場を駆け巡る。

次第に輝きは一点に収束し、そこには神々しい光景が。

天使型の、光に包まれた美少女が宙に浮かんでいた。

観衆からは「おお……」という感嘆の声があがる。

確かに、おお……、だけど私はのんびり見惚れている場合じゃない。

〈**トレミナボール**〉二投目、いくよっ。

チェルシャさんは片方の翼でこれをガード。翼を包む光に接触した直後からマナ玉は見る見る小さくなり、光を抜けた時には指で摘まめるほどの大きさになる。それも少女を覆う光に触れるや消滅した。

当然、チェルシャさんは全くの無傷。

光の特性ってここまでなの？

……今の、私の全力投球だよ。

光の精霊には他属性にはない特別な性質がある。それはマナの軽減。防壁を築けば、受けた攻撃のマナを徐々に削っていくことができる。

いや、さっきのは徐々になんてものじゃなかった。

それだけあの〈**エンジェルモード**〉は完成されてるんだ。

これ、私に勝ち目ある？

＊

光の精霊は非常に珍しく、発現するのは数千人に一人、と言われている。

チェルシャさんがこれに目覚めたのは三年生の夏頃。それから半年ほど費やしてオリジナル魔法〈エンジェルモード〉を完成させ、四年に上がってからは敵無しとなった。無敵天使の二つ名を与えられ現在に至る。らしいよ。

自慢じゃないけど、私の〈トレミナボール〉にはかなりのマナが込めてある。それがああも容易く消滅させられちゃうんだから、並の技能じゃ歯が立たないはずだ。そりゃあ先輩方、ことごとく棄権するはずだよ……。とりあえず、今の私にできるのは、……ん？

チェルシャさん、全く動かないな。どうしたんだろう。

「翼を撃ち抜かれたのは初めて。トレミナは怪物か」

「あなたに言われたくないです」

「やっぱり本気を出さないと。残り二つのゲインも使う」

「どうぞ。私も私にできることをします」

今、私にできるのは、走り回って撹乱させることだ。翼で阻まれずに、直接本体にボールを当てられれば少しはダメージがあるかも。

よし、作戦開始。

駆け出した直後、チェルシャさんがギュンと空中を移動し、隣に並んできた。

翼ではたかれ、私は吹っ飛ばされる。闘技場の壁にぶつかってちょっとめりこんだ。

いたた……。

しっかりマナを集めてガードしたのに、攻撃と同時に結構削られた。攻めでも守りでも、光の特性が厄介すぎる。

それにあの翼は巨大な手だと思ったほうがいいね。あれで羽ばたいて飛んでるわけじゃないし。

「そう、これは手。だけど、あくまでも翼」

高く舞い上がった天使は、翼を大きく振る。

すると、天使の周囲には無数の煌めく羽根がひらひらと――。

次の瞬間、私に向かって一斉に飛んできた。

シュドドドドドドドド――!

光の雨が容赦なく降り注ぐ。

いってててててて――。

マナがどんどん持っていかれる。なんとかしないと。

場内を走りながら〈トレミナボール〉を投げる。やっぱり翼で防がれるも、弾丸のような雨は止んだ。

うん、防御に回ってるときは、当然ながら攻撃はできないね。

それなら、止められてもいいからもっと投げていこう。光の攻撃で削られるよりはマナを節約できる。作戦変更だ。

本当、チェルシャさんの〈エンジェルモード〉は完成度の高い、恐るべき魔法だよ。攻防速、全て揃ってる。

……でも。

たぶん、私は勝てると思う。

少しすると戦いに慣れてきた。場内を駆けつつボールを投げ、たまに吹っ飛ばされて壁にめりこむ。

あと、たまに光線の雨にも打たれる。

こんな状況にも慣れることができるんだから、人間ってすごいものだ。

余裕も出てきたので、観客席に（マナを集中させた）聞き耳を立ててみた。

クランツ先輩達が雑談しているね。

「トレミナはやっぱ勝てないか。あのチェルシャが相手だもんな」

「うむ、打つ手なしに見えるな。やられっぱなしだ」

エレオラ先輩とコルルカ先輩が話している。

……そんなことありません。作戦を遂行中です。ちゃんと反撃もしています。むしろ私のほうが手数は多い。たくさんボールを投げてますよ。

「いや、この試合はトレミナさんの勝ちだ。もうほぼ確実だよ」

お、わかっていますね、クランツ先輩。

「なぜだ？　どう見てもチェルシャが優勢だぞ」

「攻撃が派手だからそう見えるだけ。トレミナさんに大したダメージはないよ。それに、あの子は全然ペースを乱してない。きっと〈闘〉だけならきっちり規定の一時間、たとえ戦技分を引いても五〇分は戦えるはずだ。マナの多さに加え、精神の安定性、持久力もずば抜けている。間違いなく、トレミナさんは怪物だよ」

……先輩、一言余計です。でも、大体はその通りですよ。

クランツ先輩って私に早々に負けちゃったけど、やっぱり学年二位なだけある。私との試合、本気と言いつつ無意識に手加減してたと思うんだよね。優しいから。

先輩は「対して」と言葉を続けた。

「チェルシャはあと何分戦えると思う？」

「あ……」

盗み聞き終了。

クランツ先輩の言った通り、私の作戦は『持久力で勝つ』だ。マナの量はもちろん、毎晩ランニングしているから体力面でも自信はある。

一方、チェルシャさんの〈**エンジェルモード**〉はマナの消耗が著しい。攻防速をあれだけ高いレベルで揃えた魔法を、ずっと発動しているんだもん。感知で窺うに、そろそろのはず。

何十球目かの〈**トレミナボール**〉、発射。

今回も天使の翼が削りにかかるが……、マナ玉は半分ほどの大きさで突破した。

そして、ついにチェルシャさんのもとへ。初めて彼女は生身の腕でガードすることになった。

光の天使がぐらりと揺れる。

「なんというタフさ、トレミナのミナはスタミナのミナという噂。本当だった！」

それ言ったの、ジル先生ですよね。

えっと、とにかく、よし、もう一投。……ううん、必要ないみたい。

チェルシャさんを包んでいた光がパァッ！　と弾けた。

マナ切れだ。

＊

チェルシャさんは膝を抱えて地面に座りこんでいた。

「もうマナがない。トレミナの勝ち。心から祝福する」

「悔しくないんですか？」

「悔しい。でも、それ以上に満ち足りている。トレミナのおかげで、私は戦うことができ、全てを出し切ることができた。本当にありがとう」

「相変わらず、素直な物言いをしてきますね」

でも、そっか。私が出場しなければ、チェルシャさんは不戦勝のまま学生最後のトーナメントを終えた。それは彼女にとって、敗北より許せないことだったんだろう。リズテレス姫に試合を見てもらうのが何より大事なようだ。

試合前と同じように、チェルシャさんは私に微笑みを向けてきた。

「私は先に騎士になる。修練を続け、トレミナが来るのを待つ。今度は負けない。タフなトレミナをも一撃で粉砕できる、すごく強い魔法を構築する計画」

いやいや、それ、私の殺害計画ですよね。とうとう命まで狙われる事態に。

でも、残念ながら私は騎士にはなりません。今回の勝利でそれが確定しました。

さあジル先生、まずは宣言を。

「この試合はトレミナさんの勝利。よって、学年末トーナメント、四年生の部、優勝者は二年生のトレミナさんです」

先生、わざわざ二年生と言わなくても。まるで四年生への当てつけみたいに……、いや、これは当てつけか。あなた達、もっとしっかりしなさい、という。

そんなことを思っていたら観客席が一時ざわめき、しばらくして、そこから白髪の美少女、リズテレス姫が下りてきた。

このパターンは一昨日と一緒。

あのときは上級生のトーナメントに再エントリーという悲劇に見舞われたけど、今日はそうひどい目には遭わないはずだ。何しろもう大会はない。

「おめでとう、トレミナさん。四年生の部でも優勝してしまうなんて、あなたには感服したわ。そこで、以前より検討していた事案を正式に決定、公に発表することにしたの。今日の結果を見れば、誰も文句はないはずよ」

以前より検討していた……。間違いない、ジャガイモ農家になれる件だ。

やった、こんなに早く応えてもらえるなんて。やっぱり姫様は信用できるよ。

彼女はその整った顔は動かさず、視線だけをジル先生に向ける。

「ジルさんも了解してくれるわね？」

「はい、思うところはありますが、仕方ありません」

そうか、先生は私のために学園に入ったんだった。ごめんなさい、申し訳ないとは思いますけど、私はジャガイモを作る人生を選びます。

リズテレス姫は視線を戻し、まっすぐ私を見つめる。

いよいよだ。ついに私の夢が叶う。

「トレミナさん、あなたにコーネルキア騎士の称号を贈るわ」

よし、これで私は堂々とジャガイモ農家に……、ん？

…………。

……騎士の、称号？

農家じゃなく……？

「あの、姫様、何がどうなってそういうことに？　私はまだ学生ですけど」

「学生でありながら騎士になった者は過去にもいる。トレミナさんなら充分それに値するわ。今日の優勝で、もはや異論を唱える者もいないでしょう」

いえ、このトーナメントは姫様が出ろと……。農家への道を検討するって……。

…………まさか、……あのときからすでに仕組まれて……？

「では、ジャガイモ農家の件はどうなったんです？　検討してくれるって」

「ええ、もちろん約束は守るわよ。本日より二年間、あなたの卒業まで検討を続け、きちんと結論を出すから」

「確かに卒業後の話ですけど……。じゃ、ジル先生の思うところって？」

はぁ、とジル先生はため息をつく。

「トレミナさんはまだ一一歳でしょう。さすがにその年齢で騎士になった者はいません。ですが、あなたなら仕方ありませんね。史上最年少騎士として入団を認めます」

……絶対そうだ。

リズテレス姫とジル先生は初めからこの筋書きを用意していた。

と背中を突っつかれるのを感じて振り返る。

チェルシャさんが微笑みを湛えて立っていた。

「騎士になるのまで先を越されるとは。でも、祝福する。祝砲を楽しみにしていて。トレミナ粉砕魔法の構築を急ぐ」

だから、それ、完全に殺害予告ですよね。明確な殺意を感じますよ。

「騎士は全員整列しなさい！」

ジル先生の号令で、観客席から一斉に騎士達が下りてきた。闘技場の中央にはいつの間にか石素材の演壇ができている。たぶん誰かが地属性の魔法で出したんだと思う。

演壇の前にざざっと並んだ騎士の方々。二千人近くいるだろうか。

リズテレス姫が壇上に登り、私に向かって手を差し出した。

「さあ、簡易だけど、叙任式を始めるわ」

先生に言われるまま、姫様の前で片膝をつく。すると彼女は、私の頭上に抜き身の剣を。

「リズテレス・コーネルキアの名において、トレミナ・トレイミーに騎士の称号を授ける。はい、これで今からあなたはコーネルキア騎士よ」

続いてジル先生が前に立つ。

「レゼイユが帰ってこないので私が代理で行います。コーネルキア騎士団副団長ジル・アーサスの名において、トレミナ・トレイミーの入団を認めます。はい、これで今からあなたはコーネルキア騎士団の一員です」

本当に簡易だった。

勢いのまま一気に騎士にしてしまおうという意図も感じる。わかっていても、大勢の騎士達から拍手を送られ、私もこう言わざるをえない雰囲気になる。

「……騎士として、頑張ります」

「ふふ、最年少騎士の誕生ね。この剣は今日の記念に。あなたに合わせて作ったものなの。使い勝手はいいと思うわ」

と、さっき頭に乗っけられた剣を手渡された。

……吸いこまれそうな漆黒の刀身。長すぎず、確かに私の体にぴったりのサイズだ。いただいておこう。

ちなみに、私の後にチェルシャさんの叙任式も行われた。

「あなたの修行の成果、しっかり見せてもらったわ。その力を、この国と、私のために振るってちょうだい」

リズテレス姫の配慮により、チェルシャさんの機嫌はすっかりよくなった。

私への殺意も消え、「同期の騎士として一緒にがんばろ」と。何はともあれ、命を狙われる心配はなくなったので一安心だ。唯一の同期は恐ろしくもあり、なかなか頼もしくもある。

闘技場を出ようとしたとき、ジル先生に呼び止められた。

「トレミナさん、今日までのこと、私と姫様が仕組んだと思っていますね?」

「その通りじゃないんですか?」

「違います。全て姫様がお考えになったことですよ」

全て、姫様が? ジル先生はうなずく。

「さらに言えば、二年前、あなたがコーネガルデの門の前に立ったときから決まっていました。私でも怖くなるくらい予定通りです」

「いやいや、そんなまさか」

「あなたは、リズテレス様の腹黒さを知らない……」

意味深な言葉を残して先生は行ってしまった。

姫様が腹黒い? あんな綺麗で心まで真っ白そうな方が?

今回の件だって、先生が黒幕だと思っていたんだけど。

……まあいいか、とりあえず帰ろう。

ジャガイモ農家の村娘、剣神と謳われるまで。

Jagaimo nouka
no muramusume,
Kenshin to
utawarerumade.

ジャガイモ農家の村娘、剣神と謳われるまで。

Jagaimo nouka
no muramusume,
Kenshin to
utawarerumade.

第五章

転生者達

Jagaimo nouka no muramusume,
Kenshin to utawarerumade.

私が寮に戻ったのは夜の一〇時を回った頃。

寮母さんがご飯を取っておいてくれたのでそれを食べたが、少し足りず、エレオラさんが差し入れてくれたパンに救われた。どれもジャガイモが使われていて、お腹も心も満たされる。

それからさっとお風呂に入り、日課のランニングへ。

疲れがないと言えば嘘に、……はならないかもしれない。

うーん……、肉体的な疲労はマナを習得して以来すぐ癒えるようになったし、気持ちの面でも特に……。まあいつも通りなので、いつも通り走ることにしたよ。

それにしても、セファリスはいつまで訓練してるんだろう。

そう、彼女は今朝レゼイユ団長に連れ去られてからまだ戻ってない。姉は私依存症だから長時間離れると心配になる。いや、そういえば人間的に成長したんだっけ。成長してすぐ騎士団最強の人の弟子になるなんて……。

お姉ちゃん、どんどん強くなってね。私を追い抜いてくれて全然構わないよ。

ぼんやりと色々考えながら、決めたコースをひた走る。町を抜け、公園に入った。すると、ため池の前のベンチに見慣れた姿が。

真っ白な髪は、闇夜の中でもよく目立つ。先ほど別れたばかりのリズテレス姫が手を振っていた。

「どうしてここに?」

「もちろんトレミナさんを待っていたのよ。ずいぶん強引なことばかりしてしまったから、謝っておきたくてね」

「……自覚はあったんですね」

「当然よ、ふふふ。多少強引な手を使ってでも、トレミナさんをまず騎士にしたかった。そして、あなたにコーネルキアの現状を見てほしかったの」

「この国の、現状？」

「トレミナさんはコーネルキアが平和だと思う？」

姫様の隣に座ると、紙パック入りの飲み物を渡された。美味しい。オレンジジュースだ。

飲みつつ質問の答えを考える。

おっとりしているとかよく言われるが、私だって新聞は読む。世界では戦争をしている国があったり、野良神が暴れ回っている国があったりと様々だ。それらに比べるとこの国は……。

「平和だと思います。戦争はしていないし、野良神の被害も少ない」

「それは上辺だけよ。トレミナさんにはこれからもっとこの国を深く見てもらうわ。ところで、コーネルキアには二種類の騎士がいると気付いているかしら？」

「はい、鉄素材の鎧を着た騎士と、コーネガルデの黒い騎士ですね。昔は鉄鎧の騎士達ばかりだった気がしますけど」

「そうよ、鉄鎧の彼らは旧騎士団。その犠牲の上にこの国は成り立っているわ。私はそれを変えたくて、一〇年前、コーネガルデ構想に着手したの。全員がマナを使える精鋭部隊の設立、そして、彼らを支援する都市の整備。つまり、あなた達は私が手塩にかけた精鋭ということ。だからあなたにも私は期待しているのよ。その目でしっかりとこの国を見てきてちょうだい」

姫様はそう言ってベンチを立った。

そうか、私達、精鋭だったのか。道理で学生のうちから高いお給料もらえたりするわけだ。

こんな大きな街まるごと造っちゃうくらいだから、姫様も相当本気だよね。一〇年も前から……、

……え？　一〇年？

彼女は私と同じ一一歳だよ？

「……一〇年前って、姫様は一歳ですよね？」

振り返ったリズテレス姫はくすりと笑った。

「私がここと異なる世界から来たと言ったら、トレミナさんは信じる？」


～黒原理律《くろはらりづ》の視点～


私、リズテレスには、「ここと異なる世界」で生きた記憶がある。

前世の私、黒原理律は孤児として施設で育った。

だけど、自分の境遇を嘆いたことはない。むしろ恵まれていると思った。生まれたのが、大きな戦争がない時代の、経済的に豊かな日本という国だったのだから。格差や偏見などはあるが、努力次第でどんな未来も描ける。少なくともそのチャンスがある。

大切なのは、しっかり計画を立てること。

私は周囲が呆れるほど用意周到な少女だった、らしい。

それが目に見える形となって現れたのは小学四年生の頃。夏休みの自由研究で『若手起業家の傾向と分析』という論文をまとめ、担任教師や同級生達を唖然とさせた。

こんなものを書いたわけは、私が掲げた目標にある。

まず自身が経済面で自立し、その後、暮らしている施設を支援する、という目標に。

施設は寺院を営んでおり、住職の女性が両方をきりもりしていた。台所事情は厳しく、補助金と檀家の厚意でなんとかやっている状態だった。

さて、件の論文発表後、いよいよ計画を実行に移す。手に入れた中古のパソコンでアプリケーションを開発。マッチングサイトを運用する会社を起こした。

中学二年生になった頃には事業も軌道に乗り、目標は成就に至る。

「母さん、今月分を振り込んだから確認しておいて」

「だからお金は理津の将来のために……、もう言うだけ無駄か。ありがと、大事に使わせてもらうよ。表にあんたの秘書さんが来てたけど、今から？」

法事から帰ってくるや、施設の代表、清川貴子《きよかわたかこ》は缶ビールをプシッと開けた。私達子供は彼女を母さんと呼び、まるで大家族のような雰囲気がここの特徴。

私もそんな空気をとても気に入っている。

「ええ、これから出社なの。そうそう、将来といえば」

スマホ片手に動き回りながら、卓上のタブレット端末をトトンと叩く。

「進学先はここに決めたわ」

「ここって、本気？　理律の成績なら高校は選び放題だろうけど、よりにもよってこんなとこ。いじめられたりしない？」

「大丈夫よ。困ったときはきっと友人達が助けてくれる」

　私が選んだのは都内にある私立高校だけど、少し特殊なところではあった。なにせ、生徒の多くが各界の有力者の子女。将来を見据え、多方面につながりを築く目的で作られた学校になる。

　私が設定した次の目標もまさにそれ。人脈の開拓だった。ここならば、その目標への道筋も切り拓けるだろう。

　そして、計画通りに高校入学を果たす。

　それを機に施設を出て一人暮らしすることにした。出発の日は下の子供達が泣き叫んで大変な騒ぎになった。だけど、施設が大家族ならば、私は一家の大黒柱。「私の家は変わらずにここ。しばらく単身赴任するだけよ」という言葉が、我ながらやたらとしっくりきた。とにかく母さんが心配しすぎたせいで、私はあたかも、怪物達の巣窟にでも乗りこんでいくように思われていた。

　一人暮らしにも慣れ、入学から一か月が過ぎたある日の放課後。

「調子乗ってんじゃないわよ！　私がその気になればね！　あんたの会社なんて簡単に潰せるんだから！」

　言い放ったのは私のクラスメイト、木倉由良《こくらゆら》。

　でもこんなセリフは彼女も口にしたくなかったに違いない。その言い分を少し聞いてあげてほしい。

『木倉由良の言い分

私、木倉由良は、通販サイト会社を作った父に憧れ、中学時代に自らも起業した。巷で学生起業家が流行っていたのも理由として大きい。

だけど学生という身分で成功するには、経験不足を補う何かがないと厳しいのが現実だ。私にはそういったものが特段なく、会社はあえなく倒産。父に助けてもらっている。

そんな折、この高校の存在を知り、自分を鍛えようと入学を決意。地元の公立高校に進学予定だった私は、偏差値を15も上げるために猛勉強した。必死の思いで勝ち取った合格だが、気を緩めてはいけない。

ここは怪物達の巣窟だ。

特に警戒すべきは、大手IT企業会長の孫、巨大病院グループ理事長の孫、某大物政治家の孫、世界有数の電機メーカー社長の孫。

同学年となる彼らを私は孫4と名付けた。人の上に立つべく育てられた者達。首席入学も四人の誰かだろうと予想できた。

ところが、首席になったのは黒原理津というなんのバックグラウンドもない女。

まあ、勉強だけなら他にもできる子はいるか、とそのときは思った。

同じクラスになったこともあり、私は彼女を意識し始める。

黒原理津は普通ではなかった。家の名前がステータスの半分を占めるこの学校で、自分が孤児であることを隠そうともしない。にもかかわらず、その人気は凄まじかった。休み時間になれば、他クラスどころか上級生まで理津に会いに来る。

確かに成績優秀で顔も割と美人だけど、そこまでもてはやす？

正直面白くなかった。もちろん一番引っかかったのは、学生起業家として成功している点。

モヤモヤが続いたある日、体育の授業でそれは起こった。

理津は当然のように運動神経も良く、この日のバレーでも存分にその才能を発揮。プロ選手顔負けのジャンプサーブを連続で叩きこんできた。私を狙い撃ちで。

どこにいても、ピンポイントで弾丸サーブが飛んでくる。

チームが惨敗した後、涙目で理津に詰め寄った。泣いてはいないよ。

「黒原さん！　なんで私ばっかり狙うの！」

「だって相手の弱点を狙うのがセオリーでしょ。あら、ごめんなさい。弱点なんて言っちゃって」

クスクス笑う理津を見て、モヤモヤが爆発した。

その日の放課後、彼女はなぜか一人スマホをいじって帰る気配がない。やがて教室に二人きりとなり、ついに私は動いた。

そして、「調子乗ってんじゃないわよ！　――――」の発言に至る。

「そうね、木倉さんの家がその気になれば私の会社なんて……。困ったわ」

夕日の差す教室で、顔を曇らせる理津。美少女が覗かせたその表情に、私は一瞬で罪悪感に襲われた。

ごめん！　と謝ろうとした矢先のこと。

理津は口角をくいっと上げ、

「ねえ、どうすればいいかしら？」

教室の出入口に視線を向ける。と同時に、扉が開いた。

「だったら、俺らがその気になれば君のお父さんの会社も簡単に潰せるんだよ、とでも言うしかないでしょ」

そう言ったのは大手ＩＴ企業会長の孫、武崎享護《たけさききょうご》だった。

彼を先頭に四人の男女が教室に入ってくる。その顔ぶれに、私は叫ばずにはいられなかった。

「まっ！　孫４！」

「いや、何その呼び名。それよりさっきの発言、取り消さないの？」

一人でも危険な四人から揃って見つめられ、私は硬直する。

「……取り消す、取り消します。ごめんなさい」

「はい、これで解決ね。君が理津に咬みつくのをわざわざ廊下で待ってたんだよ、俺ら」

享護はため息交じりで適当な席に座る。

これに私は「どういうこと？」と理津に尋ねていた。

「木倉さん、日頃から私を気に入らないと思っていたでしょ？　だからこちらからアプローチして解決を図ったの。バレーのときは悪かったわね」

「そう、だったんだ。解決してくれて、ありがとう……」

つまりは罠にはめられて完全にマウントをとられていたわけだ。でも、私はあまりの状況に頭が回らず、なぜかお礼まで言っていた。

木倉由良の言い分　了』

以上が由良の言い分、とプラスアルファ。

バレーも含めて、少しやりすぎたと思う。彼女は完全にマウントをとられたように感じたかもしれないけど、私にはそんなつもりはなかった。

木倉由良という人間を、私はとても気に入ってしまったのだから。

立ち尽くす由良が眺める先で、私と、彼女が言うところの「孫4」が椅子を寄せて集まる。会話をするのは主に私と享護の二人。

「まったく、うまく俺らを利用してくれるよ」

「人聞きが悪いわね。困ったときは助け合うのが友人でしょ。さて、本題よ。そっちの人選は決まった？」

「うん。やっぱり会計、書記、総務にそれぞれ均等に配置する感じ。あと、理律の選んだ人達も了解で。現職の引き抜きは俺がやっとく」

「まあ、頼もしい。さすが次期副会長だわ」

「君の補佐が仕事だから。で、結局、会計長のポストが問題なんだけど」

「それね、彼女にお願いしようと思うの」

と私が視線を送ったのは、木倉由良。再び私達から注目され、彼女は飛び上がりそうになった。いえ、実際に少し体が浮いたように見える。

「いきなり何！　さっきからなんの話をしてるの！」

私はタブレット端末を享護に渡し、さっと席を立った。

「私ね、来月の生徒会長選挙に立候補するのよ。この四人と連立を組んでね。でも重要な役職が一つ、なかなか決められなかったの。今日のアプローチはあなたを屈服させるためじゃないわ。木倉さん、会計長をやってみない？」

「うちの生徒会予算は結構な額だからね、会計長は実質ナンバー2だよ」

他の三人とタブレットを覗きながら享護が笑う。

各界有力者の子女。その中からさらに選ばれた者で構成される、生徒会。中でも、この裕福な私立校の予算を握る会計長の権力は他を圧倒する。

「そんなビッグポストになぜ私を？　……あ、」

どうやら由良の頭も回転を再開した模様。

「連立ってことは予算配分でもめたりしない？　会計長、すごく大変なんじゃ……」

私は微笑みと共に、由良の肩に手を置く。

「この機会にお金の勉強をすれば、次は会社を倒産させなくて済むわよ」

「う、うるさいわね、どうして知ってるのよ」

享護が「全部自分で書いてるじゃん」とタブレットを指した。

さっき私が孫4に見せたのは、由良のブログだった。

「人のブログを勝手に！　……勝手に見るもんだけど！　そんなのまでチェックして、やっぱり私を屈服させていいように使おうって魂胆でしょ！」

「それなら会計長なんて要職は任せないって。でも実際さ、理津、どういうつもり？」

熱くなる由良と冷静な享護。対称的な眼差しを受けて、

「この決定に含みはないわ、単純な話なのよ。挫折を経験してもなお、必死に努力し、成長しようとする木倉さんの姿勢に私は魅かれた」

正面に意中のクラスメイトを捉える。

「由良、私はあなたが好きになったのよ」

「っ！」

このタイミングで初めて下の名前を呼んだせいか、由良は腰から砕けた。

次いで、連立を組む四人に目を向け、「あなた達はどう？」と尋ねる。彼らはしばし言葉を交わしたのち、互いにうなずき合った。やはり享護が代表する。

「いいよ、彼女に裏表がないのはよくわかったし。能力的な部分はサポートできるから、そっちのほうが大事だ。……これ、俺らへのアプローチでもあったんだね。一つのアクションで欲張りすぎ」

「無駄がなくていいでしょ。じゃあ、改めてオファーするわ。由良、会計長をやって。自分がこの学校に来た理由を覚えているなら」

なんとか立ち上がった由良は、赤面して私を見る。

「……そう、私は強くなるためにここに来たのよ。わかった、やるわ」

「決まりね。楽しい選挙戦になりそうだわ。あなたにはとても素敵なキャッチフレーズを考えてあるのよ、ふふ」

「何よ、その笑いは」

こうして、私率いる陣営は一か月の選挙戦に突入した。

生徒会の権限は大きく、影響力は学校外にまで及ぶ。学生選挙とはいえ、人によってはその後の人生を左右するので真剣そのもの。

その真剣勝負を、由良は私が貼り付けた『生徒会は絶対に倒産させません！』という自虐キャッチフレーズで戦うことになった。

けれど、これはきちんとした戦略に基づくもの。

由良の会社が潰れた原因をきちんと洗い出し、そこから学んだことや改善案を発表。過去の失敗を成長の糧へと昇華させ、本来なら標的にされる弱点を武器に変えた。

他の点でも万全に準備したため、陣営に隙はなかったと思う。享護も全般的に能力が高く、頭の回転も速い。二度の公開論戦で、私と享護は他陣営を徹底的に叩きのめした。

怒涛の一か月が過ぎ、季節は梅雨の終わりに。

「……圧勝だった。ていうか私、何もしてない……」

夏の到来を告げる蒸し暑さ、とは無縁の、空調の効いた生徒会長室のソファーで由良は呟いていた。

机を挟んだ向かいに座る享護が、書類から目を離す。

「そんなことないって、頑張ってたじゃん。由良が面白いからって決めてくれた人も多かったんだよ。まあ、地固めは完璧だったからこの大差だね」

「あん？　孫4様のおかげです、て言わせたいわけ？」

「由良、ずいぶん俺に慣れたね……。俺ら四人あわせても、影響を及ぼせるのはせいぜい全校生徒の一〇分の一程度だよ」

「ならあの理律を応援してた人達は？　どこでも人の壁ができてたわよ」

「全部理律の友人だよ。一五〇〇人くらいいるんだってさ」

「それって全校生徒の半分！　ありえないわよ！」

由良は勢いよく会長席を見た。

そこに座る私はノートPCで作業中。キーボードを打つ手を止めることなく、「ありえるわ」と会話に参加する。

「私は二年かけて在校生、それに入学が見込まれる人とSNSで関係を築いてきたの。孤児で首席という肩書を持つ私は確実に目立つ。事前に根回しするのが普通でしょ」

「それって選挙も見越してだろ？　ほんと欲張りだよ、君」

享護が呆れ気味に言ってきたので、まず微笑みを返す。

「せっかく友人を作るなら過半数が取れるまで、と思うのが普通でしょ」

「普通じゃない……、全然普通じゃないから……。こんな人間、いるの？　……異常なまでの用意周到さ。計算したように事を進めて……。怪物が跋扈するこの学校の中でも……」

由良がぶつぶつ呟き始めたけど、気にしないことにした。

ノートPCをパタンと閉じ、スマホを取る。

「あ、母さん？　ええ、高校生活は計画通り順調よ。ようやく来週あたり一度帰省できそうなの。そっちは……大騒ぎ？　私が怪物達に食べられちゃったんじゃないかって？　嫌だわもう、そんなことあるわけないじゃない」

「……そう、そんなことあるわけない」

まだ由良の呟きは続いていたらしい。

「だって……、あんたが誰よりも怪物だったんだから」

＊

「最近ブログのアクセス数が普通じゃない、何これ……」

「それがこの生徒会という組織が持つ影響力。ふふ、新しい会計長は面白いって話題なのよ」

「会社を再建しなくても食べていけそう、人気ブロガーとして」

私と由良が他愛ない会話をしているのは生徒会長室。

生徒会は他に会議室と応接室を有しているので、普段の仕事はそちらでこと足りる。よって、この部屋は私の自室となっており、結構私物が溢れている。由良もお気に入りのクッションを持ちこみ、ソファーの一つを自分専用に変えた。

ちなみに、そのソファの前に位置する卓上の檻にいるハムスター、勇太郎はもう一人の常連のペット。飼い主の彼が軽くノックをして入ってきた。

「二人共早いね。ただいま勇太郎〜、会いたかったよ〜」

猫撫で声でハムスターと触れ合う享護。

武崎享護は一見チャラいイケメンだけど、その実、頭の切れる優等生。だけど、さらにその実、彼の一番の親友はハムスターで、趣味が漫画執筆という二重ギャップの持ち主だった。

彼の深層を知るのは、学校でも私と由良しかいない。

「あんたのファンが今の姿を見たらドン引きよ」

「ブログに書かないでよ由良……。俺は理津の前で自分を偽りたくないんだ」

「言いつつ心臓バクバクなのバレてんのよ、この奥手が。ねえ、勇太郎」

由良が「お手」と指を出すと、勇太郎はそこに前足を乗せた。それから、報酬としてヒマワリの種一個を受け取る。

「そうだ、練習してた技が完成したんだ。見て、お手ローリングお手！」

勇太郎は享護の号令に合わせて、指にタッチ、くるりと横回転、もう一度タッチ。今回はヒマワリの種を二個獲得した。

可愛い仕草に由良は歓声を上げる。けれど、どうも私は納得がいかない。

「パフォーマンスへの正当な対価になっていないわ。お手一回を種一個に換算するなら、今のは種四個、最低でも三個はあげないと」

「言われてみればそうね、ブラック飼い主だわ」

亨護は勇太郎を檻に戻しながらため息をついた。

――――。


一二月下旬。

今年最後のテストも終わり、結果は学年一位。入学以来、私はこの座を守り続けている。ちなみに由良は八〇〇番台だった。この学校の生徒達は概ね優秀なので、彼女は常にその辺りをうろうろ。

「由良、職務やブログで忙しいのはわかるけど、もう少し勉強しなよ」

「やってる。この学校が変なのよ。それに最下位の亨護に言われたくない」

そう、亨護は最下位である。孫4の中で。だから「学年では一一位だって」と反論していた。

向かい合ったソファーから、互いに言葉を飛ばす由良と亨護。間にある机では、勇太郎が専用の運動場で体を動かしている。

会長室おなじみの光景に、私はついクスリと。

「亨護はあの微妙な漫画をやめれば学年二位にはなれると思うの」

「微妙って理津……。やめないし、冬休み中には新作にとりかかるよ。ファンタジー要素を入れたいんだけど、主人公の国の名前が決まらなくて。理津、選んでよ」

国名がいくつかリストアップされたタブレット端末を受け取り、さっと目を通す。

「作風も全くわからないけれど、コーネルキアね」

「相変わらず即決だね。コーネルキアか、じゃあこれで」

「そんなことより理律、さっき自分には絶対に勝てない的なことをさらりと言ったわね。大体、あんたのハイスペックぶりは何？」

由良が執務机に詰め寄ってきた。享護も興味ありげな視線。

仕事の手を止め、ゆっくりと体を背もたれに預けた。

「私には、人より得意だとはっきり言えることがあるわ。自己管理、よ」

私は小学生の一時期、頻繁に市民図書館に通っていた。文学書、哲学書、さらには兵法書まで、古今東西あらゆるジャンルの本を読み漁った。先人達から得たかったものは、人生を計画通りに進めるためのヒント。やがて、それらで共通して重要視されているものに気付く。

それは、自分を知るということ。

簡単なようで非常に難しい、まさに人生の命題。

だけど、取り組む価値はある。自身を見極めた上で計画を練れば、齟齬が生じる確率は格段に下がるだろう。

小学校低学年にして自分との対話を始めた。

この過程で体得したのが、緻密な自己管理能力だった。やるべきことに優先順位を付け、それに応じて時間を配分する。仕事や学業においても同様で、常に自分の能力を把握し、適切に振り分けるのがポイント。

黙って話を聞いていた由良だが、まだ釈然としないらしい。

「だったら運動神経の良さは？　どのスポーツもまるで経験者じゃない」

「あれも自己管理の成果よ。私は日頃から体と向き合い、力のコントロールに努めているわ。これはあらゆる競技に通じる。成長期でもある体は常に変化するから、日々のアップデートは欠かさないように心掛けているの」

「アンドロイドか。あんた、人生の楽しみをバッサリいってるわね」

「そんなことないわよ。会社を大きくするのは楽しいし」

高校進学に伴い、経営する会社の取引先が一気に増えた。来年から新プロジェクトやサービスが続々始動するとあって、現在は火を吹くような忙しさ。だから、由良とお喋りする一方で、今も仕事はきちんとこなしている。

スマホを操作しながらつい笑みが。

「計画通りに物事が進むのは心地いいわ」

「腹黒さがにじみ出てるわよ。……と、もうこんな時間。理津、行きましょ」

私達が帰り支度を始めると、「どこへ？」と享護。

「木倉家のホームパーティーに招かれているの。打ち合わせも兼ねてね」

私の会社と由良父の会社はすでに提携関係にある。由良の家に何度も泊まりに行っているので、私生活でもつながりは深い。

ちなみに、今日は一二月の二四日、クリスマスイブだった。

一年でも指折りの、孤独が身に沁みるだろう日。部屋に一人取り残されることになった享護は、親友のハムスターと戯れている。

「イケメンのくせにイブにボッチ……、なかなか趣のある風景ね。ところで享護、うちのパパは理律を養子にしたいと思ってるわ」

唐突な由良の発言に、彼は眉をひそめた。

「理律を欲しがってるのはあんただけじゃないってことよ。この女はあちこちにパイプをつなぎまくってる。もう争奪戦ね」

「そういうお話はいくつかいただいているわ」

私が相槌をはさむと、由良は「奥手のままじゃ負けるわよ」とビシリ。

享護は手の中を覗いた。勇太郎に無言で何か語りかけているように見える。

「……由良、俺もパーティーに行っていい？」

「どうぞ。ママに連絡しておいてあげる」

発破をかける形になった由良は、思わずため息。私の視線を受け、足早に部屋を出る。

本音を言えば、由良には享護の恋路なんてどうだっていいに違いない。むしろ、うまくいったらいったで全然面白くない。それでも、わざわざお節介を焼いたのは……。

「あんたが姉になるのだけは断固阻止する！」

やっぱり、背に腹は代えられないということね。

「たとえ来世でも！　理律の妹には絶対になりたくない！」

＊

華やかなイルミネーションが点灯を始めた夕暮れの街。私は少し前を歩く由良と享護を見つめていた。

この二人は、大勢いる他の友人とは少し違う。

もちろん一五〇〇人の友人達はそう呼んで支障ない。頻繁に連絡を取り合う子もいるし、会えばお茶をする子もいる。ただわずかに、歪な隔たり。

どうも周囲の目に私は得体の知れない存在と映るらしい。未知なるものは人を引きつけると同時に、無意識に警戒心も生む。

見えない壁を感じていた。

けれど、由良と享護、二人との間に壁はない。

由良は元々、遠慮がない性格。私をそういうものと割り切っている。享護は思考が柔軟で、漫画のヒロインに恋するように私を想ってくれている。

今日は初めて他人に自己管理のことを話したけど、やはり二人は私に対する態度を変えない。これはもう、友人を超えたと言っていいんじゃないかしら？

これは計画にはないものだった。

自分には一生縁のないものと諦めてもいた。

まさか私に、……親友ができるなんて。

「早く来なさいよ理津。私が享護とカップルに見られ……、何笑ってんの？」

振り返った由良が怪訝な顔を見せる。

「ふふ、思いがけないクリスマスプレゼントをもらったものだから」

「どうせまたくだらないものでしょ？」

「そんなに自分を卑下するべきじゃないわよ」

「私！　あげた覚えないんだけど！」

「あなた達二人よ。私の大切な親友ということ」

ストレートすぎたかもしれない。由良と享護が固まってしまった。

「ま、まあ、俺は理津とさらに深い関係になりたいんだけど」

「照れ隠しに何を口走ってんのよ。エロいわね」

「違う！　そういう意味じゃなくて普通に恋人同士に！」

「恋人になれば必然的に肉体関係も持つことになるわ。私は無駄が嫌いだから、そうなるのはきっと早いでしょうね」

淡々と語りながら横を通り過ぎると、二人は再停止。いたずらな微笑みと共に「冗談よ」と言うと、由良が「あんたの冗談は笑えないのよ！」と叫んだ。体と向き合うまでもなく、私には自覚がある。

今、自分は相当浮かれていると。

親友という想定外の贈り物。

家族へのクリスマスプレゼントもすでに郵送を済ませてある。あとは貴子サンタがうまくやってくれるだろう。皆の喜ぶ顔が目に浮かんだ。

「腹黒会長がまた腹黒く笑ってるわよ」

「いや、これは純粋に嬉しいときの笑い方だ。そうだ由良、俺一旦帰宅するよ。先に勇太郎を帰してあげたいし、手ブラで行くわけにもいかないだろ」

ペット用のキャリーバッグを眺める享護。

「いい心掛けね。パパは手強いから隙を見せないほうが賢明だわ」

「別に由良との結婚の許しをもらいに行くわけじゃ……、理津、どうかした？」

私は歩みを止めていた。

というより、足が進まなくなった。

「それが、よくわからないのよ」

こう答えるしかなかった。先ほどまでの高揚感は完全に失せ、止めどない不安のようなざわつきが胸の内を支配している。

駆り立てられたように、進行方向に視線を巡らせる。自分達の他に、作業着姿の女性が一人いた。路肩に車を寄せ、工具箱を手に営業していない空き店舗へ入っていく。

「あの人がなんだっての？」

由良の声が遠くに聞こえる。

私は集中力を総動員してざわつきの正体を探っていた。これまでの人生で、ただの一度も感じたことのない焦燥感。一度も感じたことのない……？

まさか！

それは、日々自分との対話を続けた私だから、読み取れた兆しなのかもしれない。生物としての本能でのみ察知できる兆し。

生命の絶対的危機。

すでに女性は店の勝手口の前に。ドアノブに手をかけている。

それをくるりと回した瞬間、
ボワッ！

溢れた炎が扉ごと彼女を吹き飛ばした。同時に、建物自体が膨張したかと思うと、
ドン――――――――ッ！

破裂するように爆発。

強烈な爆風は、下校中の私達を直撃した。

私は宙を漂いながら、おおよその状況を掴んだ。

おそらく配管の劣化などが原因でガスが漏れ、店内に充満していたのだろう。季節柄、空気が乾燥していて静電気が発生しやすい。些細なことで引火する。

作業着の彼女は間違いなく即死。そして、私達も……。

……壁に叩きつけられた後、すぐに頭を起こす。

まず目に入ったのは、倒れている享護の姿。

向こうもどうにか顔を上げ、私を視界に捉える。けれど、焦点は定まっていない。私達三人の中で

比較的爆発現場に近かったため、彼は重体だった。

その口が僅かに動く。声は聞こえなかったが、「……理津」と私の名前を呼んだのがわかった。

やがて、享護の瞳から光が消え――。

「…………」

キャリーバッグを出た勇太郎がよろよろと歩いてくる。毛に血が滲み、息も絶え絶えの状態。それでも享護のもとにどうにか辿り着く。手に寄りかかると、そのまま動かなくなった。

一人と一匹の死を、私は静かに見つめた。

自身にも間もなく、そのときが訪れると知っていたから。私の胸には、深々と鉄材が刺さっていた。かろうじて心臓は外れた……、でも長くない。意識を保つのも一分が限界ね。

これほど私が冷静でいられるのはもちろん、備えがあるゆえ。

人はいつ死ぬかわからない。

社員の生活に責任を負う者として、自分に代わる新たな執行部の人選は済ませてあった。会社に関する権利はそちらに移譲される。経営を継いでくれるだろう。

その他の個人資産は全て母さんに渡る手筈。投資などで結構な額になっているので、施設のほうも心配ない。

計画通りに進め、計画通りに終える完璧な人生。

のはずなのだが……。

「…………」

……こんなに早く死にたくなかった。まだまだ、生きたい……。

頬を一筋の涙がつたう。

どんなに変わっていても私は人間。当然の感情だった。

一度呼吸を挟むと、ゆっくり立ち上がった。残された時間でまだやるべきことがある。

流れ出る血と一緒に、全身の力が抜けていく。壁で体を支えつつ、少しずつ歩みを進めた。辿り着いたのは、気を失っている由良のもと。

彼女の背中に手を当て、ぐっと力を込めた。活法という柔道の蘇生術を応用した技。由良は一発で目を覚ました。

「うっ、いったい何が……。理津！　あんたそれ！」

「……由良、早くここを離れて。時間がない……、あれが、爆発する前に」

視線で指したのは燃え盛る炎の中。ガスボンベが転がっている。誘爆するのは時間の問題だろう。

「亨護は、亡くなったわ。私のことも、気に、しなくていい……。いずれにしろ、もう助からないから」

ところが、由良は私の腕を自分の首に回し、一緒に連れていこうとする。

「バカ！　人は理屈や損得だけじゃないの！　理津だって結局はそうでしょ！」

その通りだった。現に私は今、人間的感情に支配されている。

だがしかし。

危機察知能力をきちんと管理し、あらゆる事態を想定していれば、こうはならなかった。要は、そもそもの人生計画と備えが甘かったせいである。現に由良を助けるという最後の計画も狂ってしまった。


そして、終焉を告げる再度の爆発。

その直前、私は心に誓った。

次の人生があるなら、さらに綿密に計画を立て、より徹底した備えをする。

もう二度と、大切なものを失わないで済むように。


〜リズテレスの視点〜


気が付けば、私は赤子になっていた。

自分は生まれ変わったのだと理解し、魂の存在もあっさり受け入れた。

それより断然気になることがある。体内に以前は感じなかったものが。モヤっとしているが、どこか力強い流動体。

とにもかくにも、私の中にある以上、きちんと管理しなければ。

謎の力は体中を巡っている。一か所に集めてこねると、ほんの少し大きくなった。

これは何かしら。やはり情報収集が必要ね。

当然ながら赤子の私は身動きが取れない。収集活動は受動的に。まず周囲の会話から言語を覚えた。

ここが日本ではないことはわかっていたけど、どうやら地球でもないらしい。雰囲気は近世ヨーロッパに近い。

大きく異なるのは、神と呼ばれる獣達がいて、人間の脅威になっているという点。さらに、人の中にもそれらに対抗しうる力を持った者がいるという点。

なるほど、その秘密が全身に流れるこの力、マナね。実に面白いわ。

マナ、あるいは、気、と呼ばれるそれは、生物共通のエネルギー。体や物質を覆えば、保護、機能の強化ができる。また、戦技や魔法なるものの源でもあった。

体との対話が日課の私にとって、マナをいじるのは最高の暇潰しになった。なお、これが錬気法という修行の一環であることはのちに知る。

やがて私はリズテレスと名付けられた。

父は正義感が強く、行動力のある人物。対して、母は感情豊かで口数が多い。魔女でもある彼女のおかげで情報収集は大いに進展した。

前世で孤児だった私には、初めて実の両親と過ごす時間。惜しみない無償の愛を受けながら、清川貴子のことを思い出す。

一緒だわ。やっぱり母さんは私達に本当の愛情を注いでくれていた。

賑やかだった施設での暮らしが甦り、胸に懐かしさと共に寂しさが去来する。けれど、それらはすぐに癒えた。賑やかさではこちらも負けていない。

私はこの国にとって待望の子供だったらしく、毎日、城の内外から人が拝謁にやって来る。

そう、住んでいるのは王城だった。

かつて孤児だった私は、一国の姫に生まれ変わった。

でも、これなら前世のほうが遥かに恵まれていたわ。

思わずそう愚痴をこぼすわけは、ここが建国間もない小国であり、それゆえに近い未来の滅亡が確定的だから。おそらく多くの人が気付いていない兆候。だけど、前の世界の歴史を知る私には見えていた。

もうすぐ、こちらでは史上初となる世界大戦が起こる。

小国のほとんどが生き残れないだろう。私の読みでは、前回死亡した一五歳時には亡国の姫になっている。もちろん、再び死亡する可能性も。

大国は複数の守護神獣を抱えている。対して、この国の守護神獣はハムスター、いえ、巨大なリスが一頭いるだけ。

戦力差があまりに大きい。どうすればこの国を救えるだろうか。

当然、戦力の補強が急務だわ。

上位の神獣を味方にできるかはほぼ運頼み。となれば、人を育てるしかない。まずは、全員がマナの使い手である精鋭部隊の創設。そして、ゆくゆくは単騎で最上位の神獣と渡り合える……。

今回の生は確かにハンデが大きいけれど、特典もある。

なんと私は、生まれながらにして以前の記憶や人格を保持しているわ。

以前の世界で流行っていた異世界転生ものでは、至極当然の設定。だけど、私にとってこれほど有難い特典はない。おそらく開戦まで残り十余年。大戦を生き抜くため、綿密に計画を立て、徹底した備えをすることができるもの。

わずかな隙も見逃さず、念には念を入れて万全に。

今回は絶対に失うわけにはいかない。守りたいのは、人々の温かさ。新たに育まれた大切なものである。

そして、この王国自体がそうなるだろう。

ここは彼が二度目の人生を賭して築き上げた国、コーネルキアなのだから。

喋れるようになった私が最初に発した言葉は、パパでもママでもない。

「あなた、享護ね？」

赤子の私を腕に抱く年配の男性。その目から涙がこぼれた。

彼は私の祖父であり、享護が転生した姿。

時間軸のねじれ。死の時間差一秒が一年になった。

享護は半世紀近くもマナ共鳴で私の魂を呼び続けていた。

いずれ私もこの世界に転生すると、ただひたすらに信じて。

ジャガイモ農家の村娘、剣神と謳われるまで。

Jagaimo nouka
no muramusume,
Kenshin to
utawarerumade.

第六章

帰省

Jagaimo nouka no muramusume,
Kenshin to utawarerumade.

私はごく普通のジャガイモ農家の娘。いきなり異世界？　とか転生？　とか言われても困ってしまうよ……。

どうしよう。わからないことばかりだ。

スマホ？　アプリ？

質問すれば姫様は答えてくれるかな。それ以前に、……何を質問すればいいかがわからない。

夜更けの公園、ベンチで隣に座るリズテレス姫に視線を向けた。

「異世界って、本当にあるんですか？」

悩んだ挙句、すごく基本的なことを聞いてしまった。

「ええ。この世界と私が前にいた世界は、コインの表と裏のような関係だと思うわ。私達のずっと以前にも、向こうから来た人がいたみたいだから」

「そうなんですか？」

「間違いないでしょうね。前世の私が住んでいた国にある料理が世界中に広まっているもの。コロッケやハンバーガー、ラーメンだってそうよ。あと、醤油やダシを取る文化なんかもそうね」

なんと、醤油やダシまで。

どちらが欠けても、お母さんが得意の肉じゃがを作れなくなる。異世界人に感謝しないと。お母さんの得意料理がポテトサラダだけに……。

「調味料といえばマヨネーズもよ。あれ、好きな人多いでしょ」

……異世界人はジャガイモ農家の救世主。

過去の偉人に感謝を捧げていると、姫様が「そろそろ行くわ」と立ち上がった。

しまった、食べ物のことしか聞いてない。もっと色々と気になることがあったのに。

「ふふ、また話してあげるわ。もう迎えが来てしまったから」

とリズテレス姫が見つめる先から人が。

一五歳くらいの少年と、私より少し小さな女の子だ。二人共きっちりした服装をしている。それより目を引くのは、姫様と同じ真っ白な髪であること。

女の子のほうがリズテレス姫に詰め寄った。

「リズ、早く帰らないと王妃様にどやされるわよ。あんた、自分がまだ子供だってことわかってる？」

「はいはい、わかってるわよ。あ、トレミナさん、紹介するわね。私の妹ユラーナと、我が国の守護神獣ユウタロウよ」

え、その名前、もしかして……。

「そう、さっき話した由良と勇太郎。私達、異世界からの転生者は髪や瞳の色素が抜けるみたいなの。一度死んでいる影響かしらね」

リズテレス姫は自分の髪を指先でさらっと薙いだ。

そういえば、死ぬような体験をした人は毛が白くなるって聞いた気が。実際に死んじゃってるし、転生するのも楽じゃないんだな。

いいえ、それはともかく、そちらの神獣の方はどう見ても人間なのですが。

私の視線に気付いたユウタロウさんがニコリと微笑んだ。

「この体はアバター、……じゃ通じないか。人形のようなものなんだ。僕の魂だけ入れて動かしているんだよ。力は元の半分くらいになっちゃうんだけどね」

「よくできた人形ですね。人間にしか見えません」

「はは、古くから神獣に伝わる術で作ってあるから。食事もできるよ」

ユウタロウさん、柔らかい雰囲気の人、いや、神獣だ。

こんなお兄ちゃんがいたらいいだろうな。私には振り切れた感じのお姉ちゃんしかいない。

「ほんとのユウタロウはもっふもふのドでかいリスよ」

そう話しながら歩くユラーナ姫。私の肩にポンと手を置いた。

「トレミナさん、大変な奴に目をつけられたわね。頑張るのよ！」

「……はい、どうも」

年下の子と喋ってる感じがしない。やっぱりこの人も転生者なんだ。

それで彼女の言う「大変な奴」って……。リズテレス姫は微笑みと共に、私と二人のやり取りを眺めていた。

そうだ、どうしても確認しておかなきゃならないことがあった。

「姫様、世界大戦なんて、本当に起こるんですか？」

彼女はすぐには答えず、去り際に振り返った。

「それはあなた自身の目と耳で確かめて。騎士トレミナさん」

＊

トーナメント大会の翌日。

学生は今日から一か月程度の休みに入るけど、私の日常は変わらない。いつも通り学園に登校し、ジル先生と剣の手合わせ。私は型が身につき始めたところで、日々の稽古を怠らないほうがいいらしい。

カン、カン、と木剣のぶつかる音が響く。

「純粋な武術の腕は、トレミナさんは騎士の中では平均レベルです。自惚れてはなりませんよ」

「自惚れませんよ。昨日騎士になったばかりなんですから」

「マナの量や操作力、精神の安定性を加味すれば上位に入ってきますが、まだ上がいます。決して自惚れてはなりませんよ」

「だから自惚れませんって。先生にも全く勝てそうにないんですから」

「当然です。私は副団長、ランキング二位ですよ」

打ち合いながらお喋りするのもいつものことだ。

しばらくして、「ところで」と先生は手を止めた。

「姫様から異世界の話は聞きましたね？」

「はい、転生者の方達にも会いました」

「言っておくと、そこまで姫様のご計画です。あの方々の事情を知るのは王国でもごくわずか。あなたは最高位の国家機密を聞かされたのですよ」

「それってどういう……」

「もう易々とは逃げられないということです」

……聞かなきゃよかった。

確かに、この国の建国者が異世界人なんて大変な秘密だ。どんどんリズテレス姫の術中にはまっていく気がする……。

私が事の重大さを理解したのを見て、ジル先生は笑みを浮かべた。

「では、今日の訓練はここまで。あなたが帰郷するまで毎朝やりますよ」

「……了解です。あ、セファリスがまだ帰ってこないのですが」

結局、一晩明けても姉は戻らなかった。いったいいつまで訓練しているのか。

「レゼイユのバカが連れていったのでしたね。……まあ、生きているでしょう」

「え……」

セファリスが帰ってきたのは、さらに翌日になってからだった。

服は一昨日のまま。あちこちほつれてボロボロ。鮮やかなオレンジの髪は少しくすんでボサボサに。

姉は私の顔を見るなり泣き出した。

「うぅ！　お姉ちゃん、もう二度とトレミナに会えないかと……っ！」

どうやらこの二日間は、「訓練」なんて呼べるものじゃなかったみたいだ。

聞けば、レゼイユ団長は国中を巡って野良神を狩っていたんだとか。連れ回されたセファリスは何度も死にそうな目にあったという。

騎士の上位ランカーは度々応援要請を受ける。一位ともなればそこかしこから声がかかるだろうし、神獣も手強くなるに違いなかった。

それはともかく。

「お姉ちゃん、結構マナ増えてない？　神獣食べたでしょ」

「それしか食べる物がなかったのよ！」

「とりあえずお風呂に入ってきて」

何はともあれ、姉が無事でよかった。これでようやく村にも帰れる。私の騎士の任務は休みが明けてからでいいと言われているので、一か月のんびり過ごせるよ。ジャガイモが私を待っている。

でも、発つ前に皆へのおみやげを買わなきゃ。

一番喜ばれるのはやっぱり魔法具だ。魔法具とはその名の通り、魔法が付与された道具で、すごく便利。例えば、炎を出す火炎板や、入れた物を冷やせる冷却箱などがある。効果は大体数か月くらい続くので、かなり重宝される。

その分、なかなかいいお値段するんだけどね。安くても数万ノアはくだらない。

姉にとっては、その価格が問題のようだ。

「火炎板と冷却箱は外せないけど、村に五個ずつでいいわよね？　……お姉ちゃん、お財布が心もとないのよ」

「ううん、村に五〇個ずつ買っていこう。私が全部出すから」

「私ほんとにお金ないわよ！　トーナメント賞金は買いたい物に……」

「大丈夫。私、今お金持ちだから」

ここ数日で私の口座には多額の振り込みがあった。

まずトーナメントの賞金。

二年生の部、優勝で二〇〇万ノア。

四年生の部、優勝で四〇〇万ノア。

騎士の契約金で五〇〇万ノア。

騎士の支度金で五〇〇万ノア。

騎士の初任給で六五万ノア。

トーナメント二つの優勝を果たしたことにより跳ね上がった学生としての月給が、一八六万ノア。

……そして、謎の口止め料で二〇〇〇万ノア。

私はあまり物欲がない。こんなときしかお金を使う機会はないと思う。

「やっぱり一〇〇個ずつにしようかな」

「それ！　一家に一個超えてるわよ！」

そんなやり取りを終えて、買い物の日。

おみやげの魔法具も一通り選んだ。これを待っていたかのように、セファァリスがウズウズしながら。

「お姉ちゃん、魔導具のほうも見たいんだけど、いい？」

魔法具があらかじめ魔法の付与された誰でも使える道具なのに対し、魔導具は使用者がマナを込めないと効果を発動しない。つまり一般人には扱えず、主に戦闘兵器として作られる。

コーネガルデの騎士達が装備する、黒い剣や鎧も魔導具で、マナを流すと切れ味や強度が増す。

騎士の皆さんは普通に持ってるけど、兵器と言うだけあってかなり高価なんだよね。

騎士の支度金五〇〇万ノアはほぼこれのためだったりする。自分に合った装備をあつらえなさい、ってこと。だから騎士達は全員お揃いの格好ってわけじゃなく、結構個性が出るよ。

そして、そんな彼らが利用するのが、魔導研究所に隣接する専門の販売店。私もここで装備を整えておくよう、ジル先生から言われている。休みが明ける直前に来るつもりだったけど、ついでだし見ておこうかな。

店につくと、身分証の提示を求められた。入店時に必ず必要らしい。厳重だ。

「それでお姉ちゃんは何を買いたいの？」

「できれば一式ほしいんだけど……、剣一本しか買えないわ」

そう言って悩みながら店の奥に消えていく。

店内にずらりと並んだ武具。いずれも破格で、ショートソードでさえ百万ノアもする。

「どうしてこんなに高いんだろ」

「通常、魔導具に用いられる素材は黒響石というマナ伝導のいい鉱石さ。コーネガルデではこれに煌銀という稀少金属を混ぜ合わせ、さらに伝導率がよくて硬い黒煌合金を開発して使っているんだよ。コストがかさむのは仕方ないさね」

私の呟きに答えてくれたのは、後ろで作業をしていた年配の店員さんだった。白髪のおばあさんで、ぱっと見、七〇歳は超えているように見える。

彼女は私の背負った剣をちらりと。叙任式でリズテレス姫にもらったものだ。

「なるほど、あんたがトレミナか。納得のマナ量だよ。その剣はここに置いてあるどれよりも質がいい。あんたのために作られた特注品だからね。大事にしな」

「はい。あの、あなたは……？」

「名乗るのが遅くなったね。私はマリアン、魔導研究所の所長さ」

……店員さんじゃなくてお偉いさんだった。

確かにどこか威厳がある。腰もまっすぐで、この年代なだけあってマナの量は相当なものだ。鍛錬を続けていればこうなれるのか。私の目指すべき姿がここに。

憧れの眼差しを向けていると、マリアンさんがスッと顔を寄せてきた。

「この髪は生まれつき白かったんだよ。私も転生者だ」

え？　どういうことだろう？　転生者って、姫様の話にそれらしき人は……、待てよ、転生したのは四人と一匹って姫様は言った。理津さん、享護さん、由良さんの三人と、勇太郎さんの一匹。

あと一人は？　あの場面で他に亡くなった人なんて……、……いる。

爆発した店舗のドアを開けた、作業着姿の女性だ。

「じゃあ、マリアンさんは最初の転生者だったんですね？」

「そうさ。あんたはおっとりした子だと聞いていたけど、頭の回転は速いね。いいことだよ。んじゃ、私からも贈り物だ。今日は装備を買いに来たんだろう？」

「いいえ、私は見るだけのつもりで」

「揃えていきな。鎧なんかは体に馴染むまで時間が掛かるから、早いに越したことはない」

「はい、そうします……」

威厳のある年配の方にはどうも逆らいづらい。

マリアンさんに言われるまま、後ろについて店内を歩く。

「まず盾はこれだ。中サイズで今のあんたでも使いやすく、付与もついている。〈プラスシールド〉は知ってるかい？」

「はい、一度見たことがあります」

「なら話が早い。この盾は念じるだけで同じものが出せる。厳密には違うがまあ同じだ。とりあえずやってみな」

盾を掲げてイメージすると、前方に半透明の盾が出現。

こんな戦技のついた防具もあるとは。値段を見ると、なんと四〇〇万ノア。

おお、やっぱりいい物は高い。

「ちなみにあんたの剣にも似た戦技が付与されているよ。〈プラスソード〉だ。念じれば剣の先にマナの刃が伸びる。神獣はでかいから役に立つはずさ。気付いてなかったろ？」

……全く知りませんでした。

そんなの教えてもらわなきゃわからないよ。聞いておいてよかった……。

この後もマリアンさんは、鎧、小手やすね当てと、私の防具一式を選んでくれた。どれも戦技か魔法の付与つき。

私自身は使える技能が〈トレミナボール〉一つだけなのに。完全に装備に負けている。

それより、良い品ばかりなだけあって、総額一〇〇〇万を軽く超えたのですが。

「気にしなくていいよ。贈り物って言ったろ」

マリアンさんはそう言ってくれるけど。

「どうしてここまでしてくれるんです？」

「簡単な話だ。あんたを強くすることが、この国を、そして、あの子達を守ることにつながるからさ」

「あの子達って、転生者の皆さんですか？」

「そう。前世の爆発事故はどうしようもなかったって皆言ってくれているし、ユウタロウなんて、神獣になれてむしろ感謝してると言ってくれているけどね。私はそうは思ってないんだよ。……私の不注意が招いたことなんだ」

マリアンさん、ずっと自分にそう言い聞かせて生きてきたのかな。

私なんかにわかるはずもないけど、なんとなくそんな風に感じた。

「余計なことを話したね。ま、そこまでの装備になったのはあんただからだよ。マナの多いトレミナならしっかり使いこなせるだろ。頑張りな」

言われてみれば、付与されている技能も動力源は私のマナだ。並大抵の人では持て余すに違いなかった。

これでしっかり国を守ってほしい。そう言われた気がした。

ありがたくいただいておきます、マリアンさん。

なお、程なく私は本当に、心底彼女に感謝することになる。これらの武具がなければ、私は確実に死んでいただろうし、私の村もなくなっていただろうから。

――――。

しばらくマリアンさんから武具の特性や効果的な使い方、お手入れ方法などの指南を受けた。開発者から直々に教わるとは贅沢だ。

結構時間が掛かっちゃったな。

そういえばセファリスはどうしただろう。待ち疲れて先に帰っちゃったりとか、はしないか。私を探しに町に出てなきゃいいけど。

店をぐるりと回ってみると、セファリスはまだ店内にいた。ショートソードを手に取り、じっと見つめている。

お姉ちゃんはさっきの魔法具街で、自分へのおみやげと言いつつ今月分のお給料を使い果たした。トーナメント準優勝の賞金一〇〇万ノアが全財産。

買えるのはあれくらいなんだよね。

「どうして急に装備がほしいなんて言い出したの？　まさか私が騎士になったから、形だけでも対抗しようと……」

「お姉ちゃんはそんな小さい人間じゃないわよ！　……レゼイユ師匠、また訓練に私を連れていくって……。自分の身は自分で守らなきゃ！」

セファリスはかなり小さい人間だと思う。だけど、そういう事情なら仕方ない。マリアンさんのおかげで私の装備費用も浮いたし……。

「わかったよ、私が買ってあげる。一式選んで」

「ほんとにいいの！　ありがとうトレミナ！」

うちの姉は金使いが荒い。が、それは妹のお金でも変わらなかったようだ。

まず、武器はレゼイユ団長が双剣なのでそれに倣うらしい。刃に炎を纏わせる戦技が付与された剣と、雷の波動を飛ばせる戦技が付与された剣を購入。二本で五〇〇万ノアを超える。

防具類も足すと一〇〇〇万ノア近くに。

「ずっと魔剣がほしかったのよ！」

すごくいい笑顔だね。

「はぁ……、遠慮なさすぎだよ。大事にしてね」

「もちろん！　トレミナが買ってくれた装備だもの！　ふふ、うふふ、……ん？　あんな子供も魔導具を買うのかしら？」

「え？　ああ、あれは子供じゃないよ。先輩だから」

私達の視線の先にはコルルカ先輩がいた。彼女も騎士の準備で来店したようだけど、一心不乱に何かを見つめている。

何をそんなに必死で……？　あ、私のと同じタイプの盾だ。それの大盾版。コルルカ先輩なら〈プラスシールド〉の二枚重ねが可能になる。

でも先輩、それ、六〇〇万もしますよ。支度金だけじゃ足りないし、契約金を上乗せしても全装備買えないいんじゃないですか？

で、そうやって葛藤に苛まれているんですね。後ろから声をかけた。

「少しお金貸しましょうか？　いくらあればいいんです？」

「トレミナ！　なぜここに！　……二〇〇万ノアもあれば、いや！　ダメだ！　騎士たる者！　借金をするなど許されない！」

面倒な人だな。私はカバンから札束二つを取り出す。

「じゃ、この二〇〇万は先輩にあげます。いつか私に二〇〇万ください」

「そ、それなら……」

いいんだ。よっぽどあの大盾がほしいんですね。

お会計を済ませたコルルカ先輩は、ほくほくしながら戻ってきた。

「感謝するぞ、トレミナ。ぜひお礼をさせてくれ。私もお前の帰省に同行し、農作業を手伝う」

「先輩は帰省しなくていいんですか？」

「私の実家は王都だ。日頃からよく帰っている」

「ならお願いしようかな。人手は多いほうがいいし」

＊

統一暦八六七年三月上旬。

というわけで、私とセファリス、コルルカ先輩の三人で帰省することに。

私の家があるノサコット村は、コーネルキアの北東の端にある。おみやげの魔法具に私達の装備品と、荷物が多いので馬車を借りることにした。片道二日の旅になる。走れば二時間ほどなんだけど仕方ない。

のんびり帰ろう。春の日差しで、馬車旅もピクニックみたいで気持ちいい。まあ、年上二人は完全にピクニック気分だけど。

「先輩、途中に大きな湖があるんですよ。釣りしませんか？」

「いいな。大物を狙うぞ、セファリス」

姉とコルルカ先輩はすごく気が合う。どちらも似た気質だからね。

ちなみに、こういった旅で危険な野良神と遭遇することは滅多にない。騎士達が常に国内を巡回しているから。例外もあることにはあるんだけど……。

……何か、一直線にこっちへ向かってくる。

あれは……、【蛮駕武猪】だ。

通常より一回り大きい猪が、私達の馬車めがけて突進してくる。

あの猪神はずっと走り続けていて、なかなか捕捉が難しい。そして、旅人を発見すると馬車をひっくり返したりする。獰猛だけど野良神としてはかなり弱いので、それほど怖がる必要はない。むしろ喜ぶ人のほうが多いかも。

「バンガム猪だ！　釣りは中止だセファリス！　あれを食うぞ！」

「ラッキーですね！　ごちそうが走ってくるなんて！」

沸きたつコルルカ先輩とセファリス。そう、【蛮駕武猪】はとても美味しい。春の女子旅、肉祭にまっしぐらだ。

一早く馬車を降りたセファリス。迫りくる大猪に向かって剣を抜いた。

「私が仕留めるわ！　うなれ魔剣！」

宙を薙ぐと雷の刃が発生。猪へとまっすぐ飛んでいく。が、途中でぐぐっと曲がり、少しかすっただけで外れてしまった。

「そんなバカな！　なんで！」

「まだ制御できていないということだ。練習するんだな」

コルルカ先輩も大盾を持って荷台から出る。

猪のほうはわずかにひるんだものの、すぐに突進を再開。先輩が構えた大盾に頭からぶつかった。

弾き飛ばされる【蛮駕武猪】。

これに対し、遥かに小さなコルルカ先輩はビクともせず。物理法則を無視したような、ちょっと信じられない光景だ。ダブル〈**プラスシールド**〉を使うまでもなく、やっぱり先輩は相当頑強みたい。

倒れた大猪の上にセファリスが飛び乗る。

「今度こそ私が仕留める！　うなれ魔剣ー！」

先ほどとは違う、もう一方の剣を猪の首元に突き刺した。直後に刃から、ボワッ！　と発火する。

「あっつ！　あつつ！　魔剣！　消火！　消火ー！」

「自分の火でダメージを受けるのは、やはりまだ制御できていないからだ」

冷静な口調でコルルカ先輩は言った。

確かに未熟ではあるけど、あの雷と火の組み合わせは悪くないかも。雷の遠距離攻撃で痺れさせて動きを止め、火で切りつけた周辺を焼いて深手を負わせる。なかなか理に適っているね。

お姉ちゃん、狙ってあの二本を選んだ？　いや、計算というより、直観的に、かな。

まあこれで一丁上がりだ。さて、早く取りかからないと、この大きな猪はさばくのに時間が……。

……………、……嘘でしょ。もう一頭来る。

遠くから砂煙を舞い上げ、【蛮駕武猪】がこちらへ。

「またバンガム猪だ！　これは奇跡か！」

「すごくラッキーですね！　あれも私が」

増えるご馳走に二人は目が輝いている。御者台で立ち上がった私は〈トレミナボール〉を投げた。

マナ玉は猪の頭に、ゴン！　と命中。

巨体が大地に崩れる。

「じゃ、私とコルルカ先輩が〈装〉を使ってさばいていくから、お姉ちゃんはお肉を冷却箱に入れていって。さっそく始めるよ」

行動的な私に姉は目を見張る。

「どうしちゃったの、トレミナ……。そんなにてきぱきと。いつものおっとりは？」

「いつも通りだよ。おっとりしてるし。さあ、お姉ちゃん、早く」

「全然おっとりじゃないわよ……。ちょっと怒ってない？」

「怒ってないし。早くして」

どうやら私は、早く村に帰りたいあまり、無意識のうちに不機嫌になっていたようだ。だけど、それもすぐに解消された。マナを活用した解体が思いのほか捗り、一時間ほどで全ての作業を終えることができたので。おかげで、ゆっくりと神獣の肉を味わう時間も取れたよ。

そういえば、私はマナを習得してから初めて神獣を食べる。

道の端で火炎板にフライパンを乗せ、三人で囲んだ。すると、コルルカ先輩が少し興奮した面持ちで。

「最初に切り出した肉だ。ここに神獣の魂が宿っているらしいが」

稀少肉と呼ばれ、この部分を食べることで生命力やマナが高まると言われている。取引価格は後に切った肉のなんと百倍以上だ。

コルルカ先輩は取り出した肉を一度置き、その前で両の掌を合わせた。

なんだろ？　見たことのない仕草だ。

いや……、一回だけどこかで見た記憶が。……そうだ、前にリズテレス姫と食事をしたとき。食べる直前に姫様も同じことをしていた。

「先輩、その仕草ってどういう意味があるんですか?」

「ああ、私も実習のときに教えてもらったんだが、命を敬い、感謝するということだそうだ」

……命に感謝。……そっか、私、さっき命を奪ったんだ。

自分勝手な都合で不機嫌になって、そのことをちゃんとわかっていなかったかも。ごめんなさい、しっかり感謝していただきます。

真似をして私が手を合わせると、セファリスもそれに続いた。

それから、改めて肉を焼き始める。

食べてみると、確かに力が溢れてくるような感覚があった。

「でも、あんまりマナが増えた実感はない、かな?」

「バンガム猪は下位中の下位だからな。日々の〈錬〉のほうがよっぽど増えるだろう。だがこの猪はウマい。それだけで価値がある」

言いつつ肉をどんどん焼くコルルカ先輩。

しつこくない油に柔らかな肉質。うん、本当にこれだけで充分価値がある神獣だ。どんどん食べられてしまう。先輩、もっと焼いてください。

ふと、セファリスが手を止めた。

「日々の〈錬〉のほうが効果あるんなら、この稀少肉、売っちゃったほうがよかったんじゃない?確か、バンガム猪一頭の稀少肉の取引価格は、……四〇〇万ノア」

思い出した。皆が【蛮駕武猪】と遭遇して喜ぶのは、何も食べるためだけじゃなかった。稀少肉が大金に化けるからだ。

「先輩、肉はあとどれくらい残ってます？」

「……ない。全て焼いてしまった」

女子三人、食欲に負けて八〇〇万の肉を食らい尽くす。

第七章

ノサコット村

Jagaimo nouka no muramusume,
Kenshin to utawarerumade.

私達は大量の肉と共に北上を続けた。

道中、町に立ち寄った際には、子供だけの旅を心配されたりお菓子をもらったりした。コルルカ先輩は憤慨していたけど、話がややこしくなるので堪えてもらう。大猪二頭の後は野良神に遭うこともなく、順調に旅路を進む。

馬車に揺られているうちに、やがてジャガイモの農作地帯に入った。

なんとも心が躍る。

今はまだ春の植えつけ前だけど、私には青々広がるジャガイモ畑が見えていた。

ちなみに、残念ながらコーネルキアの主要農産物は大麦だ。国が一手に買い上げ、ビールやウイスキーを製造する。それらは世界中に輸出され、莫大な富を生んでいた。

コーネルキアは国家でありながら、まるで巨大な商人のようだとよく言われる。言い得て妙だ。姫様によれば異世界は商業が盛んで、転生者の人達はとりわけそれを得意としているようなので。そうして生み出された富で造られたのが、要塞都市コーネガルデになる。

などと考えているうちに見えてきたよ。私のノサコット村が。

馬車を降りて、まず広場でおみやげを配ることにした。

「おみやげって、あなた……、それを村中に配るつもり?」

そう言ったのは私のお母さん、イルミナだ。

「え、うん、そうだよ。全世帯分、八六個ずつあるから」

「火炎板と冷却箱をそんなに……、いったい、いくらするの……? しかも、冷却箱の中に入っているのは神獣のお肉、なのよね？」

……うっかりしていた、と言うしかない。

火炎板は六万ノア、冷却箱は四万ノア、そして神獣の肉が一〇万相当。足すと各世帯の一か月の収入に匹敵する。こんなものを村中にバラ撒くなんて、どう考えても普通の金銭感覚じゃないよね。この数日、異常なこと続きで、感覚が麻痺していたみたい……。

「お姉ちゃんは言ったわよ。絶対にやりすぎだって」

「外国ではこんな魔法具を所持しているのは貴族くらいらしいぞ。この国に貴族はいないがな」

セファリスとコルルカ先輩は完全に他人事だ。

広場に集まった村人の視線が私に。

…………。

私はゆっくりと馬車の御者台に乗った。

「魔法具は返品して、肉は売りさばいてくる。ごめん、今日のことは忘れて」

すると、村長さんを先頭に、全員が大慌てで次々に駆け寄ってきた。

「わしのとこはもらうぞ！　トレミナちゃんが買ってきてくれたんじゃ！」

「うちもいただくわ！　トレミナちゃん！　ありがとうね！」

「俺ももらう！　ありがとう！　嫁が喜ぶよ！」

「私の家もよ！　神獣のお肉なんて初めてだから楽しみ！」

よかった、皆、喜んでくれて。そうだよね、魔法具はあって困るものじゃないし。神獣の肉は稀少肉じゃなくても、食べれば病気が早く治ったりするらしいし。何より【蛮駕武猪】だからとても美味しい。

あ、忘れるところだった。

「皆の冷却箱に入りきらなかった肉、一〇〇キロほど残ってるんだ。このままじゃ傷んじゃうし、どうしよう」

途端に静まりかえる。

……やっぱり、さすがにこれは迷惑だったか。

「…………、……収穫祭、……収穫祭じゃ！　皆の者！　準備せい！」

「そ、そうね！　秋の、春の収穫祭！　春の肉祭よ！」

このまま広場で祭をすることになった。まだ種イモも植えてないけど収穫祭だ。

とにかく肉が無駄にならずに済んでよかった。

全員が忙しげに動き始める。……いや、さぼっている二人がいる。コルルカ先輩とセファリスが少し離れた所でお喋り中。

何を話しているんだろう。マナで聞き耳をたてる。

「トレミナはなんだ、村人を魅了する特殊能力でも備えているのか？」

「うちの妹、皆から可愛がられているんですよ。農作業を嫌がらずに手伝うし、見た目はどんぐりみたいでほっこりするし。去年帰省したとき、私すごく責められたんですから……。一人で独占して、って。トレミナは皆のアイドルなんです」

……そうだったんだ。全然気付かなかった。私がアイドルって、ピンとこないにもほどがある。けどそういえば、昔からよくお菓子とかもらったっけ。

あと、私ってそんなにどんぐりに似てるかな。

耳をそばだてながら考えていたら、ちょっと青い顔をしたお母さんがやって来た。

「ん？　お母さん、何？」

「トレミナ！　あんなにたくさんの魔法具を買うお金！　どこから出したの！　まだ学生なのに！」

「まあ、色々あって。学生だけど騎士にもなったし」

「騎士って！　あなたまだ一一歳でしょ！」

「……うん、史上最年少騎士だって」

これでお母さんが納得するはずもなく、祭の後、一晩かけて説明する羽目になった。もちろん、お父さんのトレンソも一緒に。コルルカ先輩がもうちょっと上手く援護してくれたら助かったんだけど、場が混乱するだけだった。

そう、先輩は村にいる間はうちに泊まることになったよ。明日からの農作業に向けてすごく張り切っていた。

――翌日。

村をぐるりと囲む畑に種イモを植えていくんだけど、その前にまず整備して耕さなきゃならない。

これがなかなか大変。どこから来たのか、大きな岩が転がっていたりする。

お父さんと体格のいい大人四人で抱え持ち、じりっじりっと運んでいる。お父さんは三〇歳を超えたばかり。筋力も体力も、村で五本の指に入る自信があると言っていた。

でも、辛そうだな……。

手伝いたいけど、うーん……。

と隣で見ていたコルルカ先輩が。

「私が代わろう。それなら一人で大丈夫だ」

この申し出に周囲の大人達は戸惑う。

「いくら騎士でも無理だ。そんな小さな体で」

「む、身長のことはタブーだと言っただろ、トレンソさん。まあ任せてくれ」

先輩は大人達からひょいと大岩を取り上げた。重そうな素振りも一切なく、普通に歩いていく。

「最近の騎士はすごいって話だが、コルルカさんは怪物だな……」

「何を言う。本当の怪物はあなたの娘だ」

「それなんだがな、俺はまだ信じられないんだ。あのおっとりした子が……」

「論より証拠だな。トレミナ、見せてやれ。どうせいずれわかるんだ」

確かにその通りだ。わかるなら早いほうがいい。その分、いっぱい手伝えるし。

私がコルルカ先輩から岩を受け取ると、お父さんは膝から砕けた。

石置き場に人がいないことを確認。大岩をグイーンと振り回し、よいしょー、と天高く放り投げた。

ゴッ！　ズズゥン……。

落下の衝撃で岩は粉々に。同時に、大地が少し震動した。

うん、いい感じに細かくなってくれた。割る手間が省けたね。

お父さん、どう？　私、役に立つでしょ？

……お父さん？

呆然自失の父。その状態のまま、口だけがうわ言を呟くように動いた。

「……俺の、娘が、……怪物になって帰ってきた」

私の怪力を聞きつけて、村の皆が集まってきている。

注目を浴びるのはトーナメント大会で大分慣れた。あれに比べれば人はずっと少ないし、あまり気にもならなくなってきたよ。

「トレミナは初めから全く気にしてないだろう。マナでわかるぞ」

「私もマナでわかりましたよ。先輩、岩を運ぶの無理してたでしょ」

「……騎士の、プライドだ」

見栄をはったわけですね。

コルルカ先輩は岩を受け取る際、〈闘〉以上のマナを纏っていた。強敵と対峙したときの仕様だ。

たぶんお父さんが小さいって言っちゃったから。うちのお父さんはそういうデリカシーがない。先輩は繊細なんだよ。

口には出さず、心の中で思うだけにしておかないと。先輩は小さいって。

「お前今、私のことを小さいと思っただろ」

「やっぱりさすがに敏感ですね。心の中で呟くのは許してください」

「人には各々譲れないものがある。ところで、セファリスはなぜ来ない？」

「逃げたんだと思います。お姉ちゃん、土いじり嫌いだから」

「なんて奴だ……。だが、私がいれば問題ない。秘策がある」

とコルルカ先輩は背負っていたメイス（黒煌合金の棍棒）を抜いた。

「こいつには地面を隆起させる魔法が宿っている。大盾ともう一つ、なんとしても手に入れたかったものだ。そのために貯金もしてきた。あとは学年末トーナメントで決勝まで上がれれば自力で買えるはずだったのに……。トレミナが……、二年生なのにトレミナが出てくるから！」

ちょっと涙目で先輩は天を仰いだ。

だから二〇〇万ノア貸してあげた、いえ、差しあげたじゃないですか。それに、クランツ先輩が相手でも簡単じゃなかったと思いますよ。

けど、地面を隆起させる魔法、か。

戦闘で使うなら、壁を築いて攻撃を防いだりとか？　クランツ先輩の〈地障縛〉みたいに足止めもできるのかな？　何にしろ、コルルカ先輩は防御重視だね。

「それで、その棍棒でどうするんです？」

「畑を耕すんだ。大地の表面だけを持ち上げるイメージでやればうまくいくに違いない。まあ見ていろ」

メイスを構えた先輩。気合の声と共に地面を叩いた。

ボッッフッ！

周囲半径一〇メートルくらいの土が、一瞬浮き上がる。しゃがみこんだ私は手で触って確認。

わ、本当にクワを入れたみたいになってる。少し耕し足りないけど。こんなことができるなんて、

地属性の魔法……、すごい。

このペースで叩いていけば、明日には村中の畑を終えられるかも。先輩、どんどんいきましょう。

と期待の目で見るも。

「どうやら成功のようだな。じゃあ、あとはトレミナがやってくれ」

「私が？　無理ですよ、一度も使ったことないのに。私、お姉ちゃんのを見てわかってますよ。魔導具は制御できるようになるまで時間が掛かるって」

「うむ、魔道具を使用する上での課題はイメージの確立にある。が、お前ならその点は心配ないはずだ」

「なぜです？」

「お前はずっと土を耕してきたからだ。思い出せ！　培ってきた農業の経験を！」

農業の、経験……。

先輩からメイスを受け取り、私は静かに瞳を閉じた。そして、頭の中に思い浮かべる。

土にクワを入れた感触を。

耕し終えた畑が一面に広がる景色を。

……よし、いける。

目を開いた私は、メイスをそっと地面に触れさせた。力は必要ない。畑は敵じゃないんだ。ジャガ

イモ畑は……、私自身だ。

魔法の発動と同時に、大地が波うった。

ザザザザァ――――――…………。

土の漣は周囲へ周囲へと広がっていき、立っていた村の人達を優しく跳ね上げた。

不思議な感覚だ。本当に私と大地が一体となったような。気付けば目の前には、見渡す限りふんわりと空気を含んだ畑があった。

頭から土を被ったらしいコルルカ先輩は、それを払いながら。

「込めたマナの量に加え、思いの強さがこの奇跡の光景を生んだ」

すると、不意に地中から腕が現れ、私の足を掴んだ。あ、お父さんだ。

「……トレミナ、お前は……、神か」

「何言ってるの。それよりお父さん埋まってたんだね。他に生き埋めの人がいないか確認しないと。窒息しちゃう。マナを使って――」

「その心配はなかろうて……」

耕された畑の上を、白髭をたくわえた老人が歩いてくる。村長さんだよ。

彼は震える手で土をすくい上げた。

「……この、優しさに満ち溢れた畑が、人の命を奪うはずない……。トレミナちゃんは……、……大地の女神じゃ……」

うん、でも土は土だからね。

急ごう、窒息しちゃう。

＊

作業は予定よりずいぶん早く進んだ。私が（魔法で）耕しすぎたせいで畑はかなり広がってしまったけど、逃亡していたセファリスを連れ戻したのがよかった。

一刻も早く解放されたい彼女は高速で種イモを植えていった。私とコルルカ先輩もマナを活用して動いたので、帰省五日目には、大変な作業は粗方終えることができた。

問題がなければ夏前には立派なジャガイモが収穫できるはずだ。

もちろん、畑が広くなった分、収穫量も増えるだろう。各家の収入もね。村の皆は今からそわそわして、待ちきれない様子。

「今回のジャガイモは、何かすごい気がするのう」

村長さんがそう呟いた。

畑の土には私のマナが含まれている。きっと元気なジャガイモが育ってくれる、と信じたい……。

それにしても、思っていた以上にマナが農業に役立った。加えて地属性の魔法だ。学生は残りの二年間で専門とする精霊を選び、親和性を高めるらしい。チェルシャさんなんかは特殊な例として、通常は火風地雷水の中から二つ選択する。

私は、一つは地属性でほぼ確定。魔導具の力を借りなくても畑にアクセスできる。卒業する頃には、私は何かすごいジャガイモ農家になっている気がするよ。

――――。

帰省六日目。

「そういえば、先輩の専門属性ってなんなんです？」

「言ってなかったか？　いずれ技能を見せてやろう」

「どうせ防御系でしょ」

「どうせとはなんだ。違うかもしれないぞ」

「違うんですか？」

「無論、防御系の技能だ」

私とコルルカ先輩は、そう話しながら村から少し離れた所にある森を歩いていた。歩き慣れた獣道を進んでいると、一人で先を行っていたセファリスが駆け戻ってくる。

「私達の隠れ家は大自然に呑まれていたわ。もうこの辺りで始めましょ」

何を始めるかというと、魔導装備を使いこなせるようになるための訓練だよ。なので全員黒煌合金の鎧を着こんできた。

セファリスが双剣の片方をスラッと抜く。

「お姉ちゃん、実は密かに家で練習してたのよ。ほら見て」

刃を炎で包むと、素手でタッチ。

「全然熱くなーい。ほらほらー、制御は完璧よ」

「それ、絶対真似しちゃダメなやつだね。私も早く使えるようにならないと」

「武具の全てに技能が付与されているなど、ありえん話だ……。普通は武器のみ、せいぜい盾までだぞ」

とコルルカ先輩は大盾と棍棒を掲げた。

でも、きちんと扱えなきゃ意味がないからね。練習はきちんと頑張ろう。

まずは……、盾、はいいか。〈プラスシールド〉は出せるし、あとは構えるだけだ。じゃあ剣、〈プラスソード〉を発動してみよう。

鞘から黒剣を抜いた。〈装〉を用い、刃をマナで覆う。

伸びろ、伸びろ、剣先伸びろ。

念を送っていると、ニョキッと五センチほどのマナの刃が。

……短い。

「イメージが貧弱だ。〈プラスソード〉はもっと伸びる。限界は、一〇メートル、だったかな。おっと、こっちに向けるなよ」

先輩がアドバイスをくれた。そんなに伸びるんだ。

よーし、伸びろ、伸びろ、一〇メートル。

ギュンッ！　と伸びた刃が前方の木を貫通。さらに、奥にある木も突き抜けた。

……おお、これは本当に気を付けないと危険だね。というより、限界まで伸ばす必要はなかった……。

プラス五〇センチくらいまで縮め、軽く素振りをしてみる。当然だけど、マナの刃だから全く重さが変わらない。この戦技、相当便利じゃない？　ねえ、先輩。

「似た技能だが、〈プラスシールド〉より遥かに格上なんだ。ソードのほうは。そもそも一般販売もされていない。あれば皆買うだろ？」

確かに。

「お姉ちゃんだってほしいわよ。一振りで全員を真っ二つにできるもの」

いや、何言ってるの。発想が怖すぎるよ。

でもリズテレス姫、すごくいい剣をくれたんだ。これは私への期待の表れ……、あまり深く考えないでおこう。

さ、他の技能も確認しなきゃ。あとは、鎧、小手、すね当て、か。……大変だな。

休暇もまだまだあるので、その日から皆でフル装備の訓練をすることにした。この一連の訓練で一番乗り気だったのはセファリス、ではなく、コルルカ先輩だった。なんでも、騎士になったら下剋上戦というのがあって、少しでも腕を磨いておきたいらしい。

下剋上戦？　何それ……。

聞かなかったことにした。

そうして時間は過ぎ去り、帰省一五日目。

コーネガルデの騎士が慌てた様子で馬を走らせ、村に駆けこんでくる。

「緊急警報！　緊急警報です！」

この日、私は本当の戦いを知ることになる。

ジャガイモ農家の村娘、剣神と謳われるまで。

Jagaimo nouka
no muramusume,
Kenshin to
utawarerumade.

第八章

黒の厄災

Jagaimo nouka no muramusume,
Kenshin to utawarerumade.

コーネルキアには、野良神の接近を知らせる緊急警報というものがある。騎士が付近の村々に発令するもので、これが出されたら近隣に居る人は必ず避難しなきゃならない。その場ですぐに討伐できなかったってことだから。

カン！　カン！　カン！　カン！

トレンソお父さんが集会所の屋根に上り、設置されている鐘を打ち鳴らした。村中の家から広場に人が集まり始める。

最初に飛びこんできた騎士に続き、四人の騎士が村に入ってきた。早速、リーダーの女性が部下達に指示を出している。

どういう状況か知りたい。私とコルルカ先輩はお母さんの濃い味付けの料理にも飽きてきたので、村唯一の食堂に昼ご飯を食べに行く途中だった。こんな事態になれば当然予定変更だ。私はリーダーの女性のもとへ。

「すみません、警報レベルを教えてください」

「あなた！　トレミナさんじゃない！　どうしてここに！」

目を丸くする騎士。たぶん私の顔はコーネガルデの騎士全員に知れ渡っている。トーナメントや叙任式で散々注目を浴びたので。

あれ？　けど、このリーダーのお姉さん、私も見覚えが……？　そうだ、二年生の部で一回戦の後、私を逸材とか怪物って呼んだ人だ。

「このノサコット村は私の故郷で、今は帰省中です」

「そうだったのね……。私は第一二七部隊隊長のミラーテよ。えーと、警報レベルだったわね。それなんだけど……、あのね」

彼女は言いにくそうに顔を近付けてきた。それから小声で。

「……レベルA、なのよ」

「何っ……」

絶句したのは一緒にいたコルルカ先輩。

警報レベルは野良神の強さによって分けられている。

レベルE　＝　現存戦力で倒せるが、少し時間を要する。

レベルD　＝　現存戦力で倒せるが、相当時間を要する。

レベルC　＝　現存戦力では倒せないが、相当時間稼ぎができる。

レベルB　＝　現存戦力では倒せないが、少し時間稼ぎができる。

レベルA　＝　現存戦力では倒せないし、全く時間稼ぎもできない。

ここで言う現存戦力とは、ミラーテさん達五人のこと。もちろん全員が学園の卒業生で、かなりのマナの使い手である。その彼女達が全然立ち打ちできない神獣が、すぐそこまで迫っているんだ。

「本当に五人がかりでも歯が立たないんですか？」

「五人じゃないわよ。さらにもう二人が遠巻きに監視してるから、七人ね。七人がかりでも絶対無理なの」

余計に悪いです。

ミラーテさん、長い髪を後ろで結って大人っぽい雰囲気だけど、どこか頼りない感じがする。部下の人達の手前、本人にそんなこと言えるわけないけどね。

と思っていたら、コルルカ先輩が。

「ミラーテ隊長はどこか頼りないな。大丈夫なのか」

「だ！　大丈夫よ！　近くにいるナンバーズを呼びに走らせたから！　きっと応援に来てくれるわ。……そ、それにターゲットがこの村を襲うとは限らない。……素通りしてくれるかもしれないし」

………………。

……頼りない。

「先輩、装備を取りに戻りましょう」

家まで駆けつつ、さっきミラーテさんが言ったナンバーズについて先輩に教えてもらった。

なんでも、騎士団のランキング一〇位以内をそう呼ぶらしい。レゼイユ団長、ジル先生を筆頭に、実力者揃いで別格なんだって。他の騎士がチームを組んで活動するのに対し、ナンバーズは基本的に常に一人。ワンマンアーミーだ。高い機動力で各地を巡る。

なるほど、セファリスはそれに連れ回されたんだね。と噂をしていると、姉とばったり遭遇した。

「心配ないわよ！　トレミナはお姉ちゃんが守ってあげるからね！」

こちらは頼もしい限り。彼女も武具を取りに行くところだったそうだ。

三人で装備を整えて広場に戻ると、騎士がさらに二人増えていた。きっと彼らが野良神の監視に当たっていた人達だ。

彼らから報告を受けていたミラーテさんは、震える声で呟き出す。

「……敵が、来る。素通りしてくれない……。……応援は、間に合わない……。私達で足止め、……するしかない……」

本当に大丈夫ですか。

――――。

「でも、もうやるしかないの！　覚悟を決めて！」

ミラーテさんは部下達を前にそう鼓舞した。

……まるで、自分に言い聞かせているみたいだ。

短い決起集会が終わると、ミラーテさんは私のもとに。

私、コルルカ先輩、セファリス、と順に視線を送る。少し言葉に詰まったような間があり、それから一息ついて話し始めた。

「トレミナさんはまだ任務に就いていないし、そっちの二人も騎士じゃない。ここは私達がなんとかするから、村の人達と一緒にいて」

共に戦ってほしい！　そんな心の叫びが、マナ共鳴で伝わってくるのですが。

自分で言うのもなんだけど、私達は充分戦力になりうると思う。私はここにいる誰よりもマナが多い。コルルカ先輩も来月から騎士になるし、同学年の中では上位にいる実力者。セファリスは最近の成長が著しく、トーナメントで戦ったときとは別人だ。いつの間にか、〈装〉も習得しているし。

ミラーテさんが私達を外した理由は、経験不足とか年齢とか色々考えてだろう。

それとたぶん、気遣い。

装備を着けて戻ると、お父さんとお母さん、それにセファリスの家族が、心配するような眼差しを私達に向けてきていた。私達も戦いに行っちゃうんじゃないかって。

……心配している人達は他にも。村の皆から同じものを感じる。

この状況では、共に戦って、とはとても言えないよね……。

未練を断つように、ミラーテさんは隊を率いて広場を出ていった。

「私、ちょっと見てくる」

いつでも対応できる距離にいないと。何しろ、村の命運が懸かってる。

だけど、お母さんとお父さんがついてきて、

「トレミナ！　待ちなさい！」

「トレミナちゃん！　危険じゃ！」

村長さんと村の皆も追いかけてきた。

結局、全員で村外れまで移動する形になった。

ミラーテさん達七人はすでに陣形を整えている。彼女達が見つめるのは遠くの小高い丘。緊迫した空気が広がる。そこに、程なく一頭の黒い狼が現れた。

「あれって【戦狼】……、じゃないわよね。けど一頭だけだし、そこまで怖い敵？」

セファリスが目を細めながら疑問を口にする。

いや、これだけ離れていてあのサイズ、【戦狼】よりずっと……。

なお、【戦狼】とは馬より少し大きな狼で、数頭で活動することが多い野良神だ。私も村に襲来するのを二度目撃しているが、いずれも騎士達が撃退してくれた。

昔を振り返っていたそのとき、スッと黒い狼が駆け出す仕草をした、と思った刹那。

一瞬でジャガイモ畑を突っきり、気付けばもう騎士達の目の前にその姿があった。彼らは慌てて一斉に戦技や魔法を発動させる。

跳び退いた狼は、ズズン！　と地面に着地した。そう、ズズン！　だ。足元が揺れた。

「お、大きい……。狼族の上位種だわ……」

呆然と呟いたのはイルミナお母さん。他の皆も同じく目を見張っている。二階建ての集会所、その屋根より遥かに高い位置に黒狼の顔がある。これで四足歩行なので、相当巨大だよ。

さらに、大きいのは体だけじゃない。

「なんてマナ量だ……。トレミナ、わかるか？」

もちろんわかりますよ、コルルカ先輩。困ったことに、私より断然多い。

「おそらく【戦狼】の二次進化形だろうが、もはや野良神の範疇を超えている。守護神獣をやっていてもおかしくないクラスだ」

「……【黒天星狼】じゃ」

村長さんが思い出したようにぽつりとこぼす。

「わしが子供の頃からドラグセンで暴れ回っとる神獣じゃ。漆黒の毛の中に金色の紋様。間違いないと思うのう。あちらでは黒の厄災などと呼ばれとる、伝説の野良神じゃ。まさか国境を越えてくるとは……」

ドラグセンはコーネルキアの東に位置する大国だ。ノサコット村は国土北東の端に位置するから割と近い。

「伝説だろうがなんだろうが負けられないのよ！　私達が敗れれば！　あそこにいる村人達が全員食べられる！」

ミラーテさん、その通りだけど……はっきり言いすぎです。ほら、皆が余計に怖がっている。

彼女は黒煌合金の弓に矢をつがえ、ギリリと引き絞った。

「火霊よ！　矢に宿れ！

火霊よ！　紅蓮の炎を燃え上がらせろ！　矢と一緒に飛んで！　〈灼轟〉！

火霊よ！　爆ぜて私の敵を打ち砕け！　矢と一緒に飛んで！　〈フレイムバースト〉！」

……戦技と魔法二つを強引に合体させた。言霊ってこんなこともできるんだ。

「私の最大技よ！　〈スーパーメテオアロー〉！」

放たれると同時に、矢は大きな炎の塊に。

尾を引いて飛ぶ様は、まるで本当に空から降る隕石だ。

ゴオォォォ――――ッ！　ドォン！

黒狼の鼻先で激しい爆発を起こした。

「ギャン――――！」

おお、伝説の神獣をギャンと鳴かせた。ミラーテさん、頼りない雰囲気だけれど、隊を率いているだけはある。でもこれ、派手さの割に……。

【黒天星狼】がブルブルッと首を振ると、炎は瞬く間にかき消えた。

驚かせてくれた人間を睨み、グルルと喉を鳴らす。

部隊長、思わず一歩後ずさり。

「ほとんど、効いてない……。めちゃ、怒ってる……」

＊

本格的に戦闘が開始された。

男女六人の騎士が【黒天星狼】を取り囲み、少し離れた所からミラーテさんが弓矢や魔法で援護する。

前衛六後衛一、それが彼ら第一二七部隊のスタイルらしい。前衛と言っても、六人は主に中から遠距離の技能を使っている。

黒狼があまりに巨大なためというのもあるし、近付きすぎたくないというのもあると思う。敵はその巨躯に似合わず俊敏で、間合いを計り違えると取り返しがつかない。

皆、火やら水の刃を武器から放ったり、雷やら風の魔法弾を撃ったりと奮闘する。

「さすが黒い騎士達だ……。あんな化け物を相手に善戦している」

「いいや、彼らはギリギリの状態なんだ。トレンソさん」

コルルカ先輩がお父さんの見解を正した。

そう。というのも、前衛の六人が纏っているマナは〈闘〉じゃなく、〈全〉だからだ。一〇分以内にマナを出し切る〈全〉は最終手段。それ以降は戦えなくなっちゃうんだもん。

彼らは、その時間内に応援が来る可能性に全てを懸けている。

第一二七部隊、決死の戦い。

対する神獣のほうはずいぶん余裕に見える。様子を窺いながら軽くあしらっている、って雰囲気が伝わってくるね。

何より、あの【黒天星狼】はまだ神技を出していない。

神獣の技能は神技と呼ばれていて、これを模して作られたのが人間の戦技や魔法になる。つまりは私達が使う力の元祖。なので当然ながらものすごく強力、らしい。加えて、あの巨体とマナで放ってくるんだから、大変な破壊力だろう。

困ったな、本当に神様と戦っている気分だ。

たぶんジル先生でも簡単には倒せない相手だと思うんだけど。先生、助けに来てくれないかな。

……いない人のことを考えても仕方ない。

何か手がないか、観察して探そう。見つめ続けていると【黒天星狼】のマナに変化が起こる。

まずい……。

うろちょろ邪魔だし、そろそろ片付けていくか。って思考に切り替わったようだ。

注意しないと、と思った直後、大狼は右の前脚にマナを集中。騎士の一人に振り下ろした。

彼は地面に叩きつけられる。

敵はもう一度脚を上げ、そのまま踏み潰そうと――。

　バチッ！

私の投げた〈トレミナボール〉が寸前で間に合い、黒狼の前脚を弾いた。

「ありがとうトレミナさん！　彼！　ぺしゃんこになるとこだった！　やっぱりそのボールはすごい威力ね！」

……お礼はいいです、ミラーテさん。戦闘に集中してください。

だけど、確かに私の〈トレミナボール〉は最初の頃より威力が上がっている。

チェルシャさんとの試合で投げまくったせいか、思っていたより早く〈放〉を習得できた。もうマナ玉は手を触れなくても動く。

ジル先生が石の壁二枚を撃ち抜いた、あの球に近付きつつあるよ。ところが、それでも狼の脚を払いのけるのが精一杯。

まったくあの神獣は……、うん？

少しの間、弾かれた前脚を見つめていた【黒天星狼】がギロリと私を睨んだ。

……結構痛かったみたい。

大狼はこちらに向かって、グワッ！　と口を開いた。その中に、急速にマナが集まり出す。

ついに来る。初めての神技だ。私、ボールを一球投げただけなのに。

そんなことより、この場所はいけない。

村の皆が……、受け止めるしかないか。

でもどうしよう。あの神技、皆どころか村自体が吹き飛びかねない。

「案ずるな！　私に任せておけ！」

駆け出したコルルカ先輩。ジャガイモ畑の真ん中で大盾を構えた。

「風霊よ！　周囲を巡って私を守れ！　〈嵐旋結界〉！

火霊よ！　炎の壁となって私を守れ！　〈フレイムウォール〉！」

先輩の周りを暴風が吹き荒れる。

遅れて前方に燃え盛る防壁が出現。

風と火が先輩の専攻精霊。

この人、本当に防御一色だな。

だけど、この魔法の組み合わせはよく考えられている。

後ろの結界から風を受けて、炎の壁が見る見る大きくなっていく。ミラーテさんの、ただ引っつけただけのスーパーなんとかとは大違いだ。

さらにコルルカ先輩は、外側に土の壁を、内側に二枚の〈プラスシールド〉を構築。

五重の防御壁を完成させた。

一方、【黒天星狼】の前には巨大な雷の球体。それは放電しながらゆっくり進んだかと思うと、一気に加速。こちらに高速で飛んできた。

バリバリバリバリ――――ッ！

凄まじい破壊音と突風を巻き起こし、先輩の防御陣とぶつかる。

一層目、土の壁。一瞬だけ受け止めるも、即座に崩壊。

二層目、炎の壁。かなり持ち堪え、消滅時には雷球は半分ほどの大きさに。

三層目、風の結界。ガリガリ雷球を削り、さらに半分のサイズに。

四層目、〈プラスシールド〉一号。雷球と相殺。

五層目、〈プラスシールド〉二号。無傷。

「見たか！　神の雷！　恐るるに足らず！」

勝ち誇るコルルカ先輩。が、すぐに絶句する。

……黒狼の目の前に、新品の雷球が浮かんでいた。もう発射間際だ。

「卑怯な！　貴様はそれでも神か！」

まあ、止められるのわかっていたら、もう一球用意するよね。先輩はもう〈プラスシールド〉一号を張り直すくらいしかできないだろう。

私も、手伝わなきゃ。止めようとするお父さんとお母さんを振り切って走り出す。

コルルカ先輩と盾を重ね、〈プラスシールド〉を追加。それから、私のマナで彼女の全身を覆った。

先輩は小さいから包みやすい。

「お前、今、私のことを小さいと思っただろう？」

「言ってる場合ですか。同じようにマナで私を覆ってください」

ここに、追いかけてきていたセファリスも加わる。

「トレミナはお姉ちゃんが守る！　死ぬときは一緒よ！」

言葉が矛盾している。死と隣合わせのこの状況で、どうしてそんなに張り切ってるの……。

三人のマナを一つにした直後、雷球が飛んできた。

〈**プラスシールド**〉群は瞬く間に蒸発し、稲光りと共に大爆発を――。

ドドォォ――――ンッ。

――。

私達の立っている所を残して半径約二〇メートルのジャガイモ畑が消失し、ぽっかりとクレーターができていた。

ちなみに私達は……、お姉ちゃん、どう？

「ちょっとビリビリしたわね」

だそうな。

とりあえず、せっかく植え付けをしたジャガイモ畑をこんなにしてくれたあの狼だけは、絶対に許せない。

私達が力を合わせれば、きっと神様だろうが倒せるはずだ。

神の雷に打たれて戻ると、村の皆が駆け寄ってきた。

お母さんがペタペタと私の体を触る。確認するようにジャガイモ畑のクレーターをちらりと見て、それから、不思議そうな顔で改めて私を見た。

「どうして生きているの！」

ひどいよ、お母さん。どうやら相当動揺しているみたいだ。

「ちゃんと防御したからだよ」

「……ちゃんと防御したらなんとかなるの？　畑に大穴開いてるのに……？」

「えーと、一人じゃ危なかったけど、皆で力を合わせたから大丈夫だったの」

「……え？　……あんな大爆発でも、力を合わせれば、大丈夫なの……？」

どう説明してもダメっぽい。お母さんの常識概念を超えてしまっている。

コルルカ先輩が空を見上げながら深く息を吐いた。

「二つ目の雷球を見たとき、私は死を覚悟した……。マナを重ねるなど、あの状況でよく思いついたな」

「〈装〉の要領でお互いを覆い合えばいいと思っただけですが」

「トレミナの最大の武器は、マナ量より、その異常なまでの冷静さと判断力だな。しかしさっきの、ただマナを合わせただけではない力強さだった。……あの神技を受けてほぼ無傷とは。報告して検証してもらう必要がありそうだ」

後々の話になるけど、これはそう簡単にできる技術じゃないことが判明する。

まず、マナを合わせるのは気心が知れた者同士なのが最低条件。次に、意思を高いレベルで一致させる必要がある。この条件が難関で、少しでも乱れがあると相乗効果は発揮されない。それでも、成功したときのメリットはとてつもなく大きい。

なので、錬気法の新たな技術、〈合〉として登録されることになった。

トレミナシリーズの二作目だ。

なお、三人以上の複数人、とりわけチームで合わせると効果はさらに絶大なものとなる。当然、難度も上がるので、別の技術〈**皆**〉として登録された。

トレミナシリーズの三作目だ。

〈**合**〉と〈**皆**〉は、〈**全**〉に次ぐ最後の切り札となり、四年生の教本にも記載された。


『〈**合**〉と〈**皆**〉についてよく言われるのは、トレミナシリーズなのに私の名前が付いてないのは嫌じゃないですか、だね。

いや、逆。これだけは絶対に名前入れないで、って私が頼んだの。錬気法の技術なのにおかしいでしょ、〈**トレミナ合**〉とか。〈**皆**〉はちょっと入っている気がするけど……。

でもまあ、〈**合**〉と〈**皆**〉は作ってよかったと思う。多くの騎士達の命を救うことにつながったからね。普段は成功率の低い技だけど、緊急時には嘘みたいにうまくいくんだよ。

だって、絶体絶命のときってただシンプルに思うでしょ？

生きたい、って。

剣神（兼ジャガイモ農家）
トレミナ・トレイミーの回顧録』

気合を入れ直すようにコルルカ先輩は「よし！」と。

「何にしても拾った命だ。すぐに失うわけにはいかん。絶対にあの神獣を倒すぞ。第一二七部隊の騎士達も頑張ってくれているしな」

先輩の言う通り、私達が雷球を凌いでから、騎士達のマナが急に力強くなった。【黒天星狼】も簡単にあしらえなくなってきている。

おかげで私達はもう破壊砲で狙われずに済んでいるんだけど。騎士の皆さん、どうしてあんなに元気に？

「希望を見たからよ、あなた達に」

ミラーテさんがこちらまで戻ってきていた。

「抜けてきていいんですか？　隊長なのに」

「私はこの後でもう一度戦うわ。あなた達と一緒にね。大丈夫、部下達は〈全〉が切れるまで意地でも敵を抑える。その間に作戦を練りましょ。

今更だけど、……あの神獣と、戦ってくれる？」

「しょうがないわね。私の力、貸してあげるわ」

お姉ちゃん、どうしてそんな上から。

「事ここに至っては仕方あるまい。私も助勢しようではないか」

先輩、いつにも増して口調が。

そういえば、二人共騎士への憧れが強いんだっけ。好きそうだな、こういうシチュエーション。

私はまあ、普通に。

「もちろん戦いますよ。村の存亡が懸かっているんですから」

「ありがとう！　それにしても驚いたわ。トレミナさんとセファリスさんは知っていたけど、他にもこんな子がいるなんて。すごく小さいのにあそこまで防御魔法を使いこなして。

あなた、一〇歳くらい？　お名前は？」

……ミラーテさん、まさか、コルルカ先輩を知らない？

完全に武装した村の子供だと思ってるよね。

小刻みに震えるコルルカ先輩。怒りが限界を超えたようだ。

「……私の名は、コルルカ。……コーネガルデ学園の、四年生だ」

「え……？」

「来月！　下剋上戦でお前を倒し！　隊長の座を奪う者だ！　覚えておけ！」

「え――――！」

うん、その前に、あの神獣をなんとかしよう。

＊

のんびり作戦を立てている余裕はない。とりあえず、各自の役割を確認した。

私とセファリスは前衛攻撃、コルルカ先輩は前衛支援、ミラーテさんは後衛支援。

それぞれ手札が少なかったり、偏っていたりするので、これしかないとも言える。

一気に攻めたて、なるべく早く決着をつけたい。

というのも、姉と先輩は〈全〉で戦うため。タイムリミットは一〇分弱。

私は〈闘〉よりやや多めのマナを纏うけど、流れ次第で〈全〉に移行する。

ミラーテさんは後衛なので〈闘〉で大丈夫だ。その分、攻撃のほうに注力してもらう。

あ、そうだ、言っておかないと。

「ミラーテさん、あのスーパーなんとかはいらないです。どれか一つの技能にマナを集中させてください。そのほうがダメージはあると思います」

「……うん、わかったわ。詠唱も一回で済むしね……。トレミナさんは私よりリーダーに向いてるかも……。そうそう、狼族について教えておくわね」

神獣は種族ごとに神技が決まっているらしい。狼族の場合はこんな感じだ。

〈火の牙〉　〈風の牙〉　〈地の牙〉　〈雷の牙〉　〈水の牙〉
〈火の爪〉　〈風の爪〉　〈地の爪〉　〈雷の爪〉　〈水の爪〉
〈火激波〉　〈風激波〉　〈地激波〉　〈雷激波〉　〈水激波〉
〈火狼砲〉　〈風狼砲〉　〈地狼砲〉　〈雷狼砲〉　〈水狼砲〉
〈火の咆哮〉〈風の咆哮〉〈地の咆哮〉〈雷の咆哮〉〈水の咆哮〉

この中から好みのものを選んで強化していくんだって。さっき私達に撃ってきたのは〈雷狼砲〉だ。〈牙〉から〈咆哮〉にかけて、攻撃距離が伸びたり範囲が広がったりする。

ミラーテさんは各神技の特色も教えてくれた。


〈牙〉＝近距離、高威力。

〈爪〉＝近、中距離。

〈激波〉＝中距離。前方、範囲攻撃。

〈狼砲〉＝遠距離、高威力。タメが長い。

〈咆哮〉＝自分中心に広範囲。


戦闘が始まれば〈雷狼砲〉は気にしなくていいと思う。近距離戦であれば使いづらいから。

注意しなきゃいけないのは、まず〈牙〉だろう。ゼロ距離なだけに、一撃必殺の威力に違いない。顔の動きには常に目を光らせておく必要がある。

それから、近接戦闘でもう一つ気を付けなきゃいけないのが〈咆哮〉だ。そう思った直後、

「オオォォ――――――ンッ！」

ズド――――ン……。

爆弾でも投下されたように、【黒天星狼】の周辺が広く吹き飛んでいた。あちこちで火の手が上がっている。

〈火の咆哮〉だ。

六人の騎士達は直撃を受けたらしく、全員地面に倒れてしまっていた。

ミラーテさんが涙ながらに叫ぶ。

「皆――――っ！　死んじゃった――――っ！」

「いえ、全員生きています。だけど、もう限界ですね。行きましょう」

駆け出す前に、お父さんとお母さんのほうを見た。二人共、言葉を呑みこんで何も言わない。

止めたいけど、わかってるんだ。私達が戦うしかないって。

「心配いらないよ。すぐに終わらせるから」

さもないと、ジャガイモ畑がどんどん削られていく。

走りながら四人それぞれ準備を整える。

コルルカ先輩は大盾とメイスを構え、マナを〈全〉に。

セファリスは双剣を抜き、こちらもマナ全開。

ミラーテさんは涙を拭いつつ、弓を取る。

私も黒剣を鞘から抜いた。

「お疲れ様でした。代わります」

六人の騎士に声をかけると同時に、大狼に向けて剣を突く。〈プラスソード〉でマナの刃をギュンと伸ばした。

しかし、刃は狼の喉元に刺さるや、粉々になる。

強度が足りないか。じゃあ、長さはほどほどにして太くしよう。

刃渡り約四メートルの大剣を作った。

踏み潰そうとする【黒天星狼】の前脚を避け、何もない空中にジャンプ。タイミングよく、そこに半透明の板が現れる。それを踏み台にして跳ぶと、進行方向にまた同じ板が。

これはすね当てに付与された魔法〈ステップ〉で出したものだ。こんな感じで、次々足場を設置できる。

宙を駆け、大狼の脇腹にマナの大剣を振り下ろした。

ガキィィン！

まるで岩を叩いたような感触。守りが強固だ。

でも、全くの無傷ってわけでもなさそうだね。黒くてわかりにくいけど、血がにじんでる。

ふと気付くと、【黒天星狼】の背中にセファリスがいた。確かに、お姉ちゃんには私みたいな長い剣や魔法の足場はないけど……、怖いもの知らずだ。

「背後、っていうか背中をとったわ！　もらったーっ！」

双剣を振り回してガシガシ斬りつける。

ここで、大狼がクイッと顔を上げた。

やばい、あれが来る。

「お姉ちゃん、早く」

「トレミナ――！」

私が〈ステップ〉で駆け寄ると、セファリスもすぐさま飛びついてきた。二人のマナを合わせた瞬間、狼の遠吠え――。

周囲は完全に炎に包まれる。〈プラスシールド〉もすぐに溶けた。

でも、全然熱くない。

さっき、〈雷狼砲〉を防いだときに気付いた。

強力なのは、私と姉の組み合わせだって。

もしマナを混ぜて強くなるのに条件があるなら、私達は全てクリアしているのだろう。

一一年間ずっと一緒にいて、私達は実の姉妹以上に姉妹なんだから。

抱きつくように、私に引っつくセファリスがフフッと笑った。

「この狼に後悔させてやりましょ。私達姉妹のいる村を襲ったこと」

まあ、そういうことだね。

黒狼は振り返って私達を見た。

どうして全く効いていない？　とでも言いたげだ。いや、マナの力強さは感じているはずだから、そのマナはなんだ？　かな。

「火霊よ！　爆ぜて私の敵を打ち砕け！　〈フレイムバースト〉！」

そこを逃さずミラーテさんの詠唱。

直後に狼の顔は激しく燃え上がった。

「風霊よ！　私と共に突撃だ！　〈嵐旋結界〉！」

コルルカ先輩の詠唱。……さっきと変わってませんか？

風を纏った先輩は狼の後脚に突進する。巨体がぐらりと揺れた。

「チャンス！　お願いトレミナ！」

はいはい、行ってらっしゃい。

勢いよく私から離れたセファリスは再び大狼の背に着地した。その巨躯の上を走りながら双剣でザクザク斬っていく。

明らかに先ほどより攻撃力が上がっていた。

私はマナを体から離した状態で維持できる。同様に、セファリスを覆ったマナをそのままキープ。使い切るまでのわずかな時間だけど、姉は私とのマナが合わさった状態で戦える。

いわゆる、ブーストタイムだ。

さらにブーストを追加しよう。

「いいよ、お姉ちゃん。頑張って」

「マナが！　漲ってくる！」

力強さを増したマナを身に纏い、斬って斬って斬りまくるセファリス。

シュバババババババババババッ！

「ギャギャーン！　ギャーン！」

堪らず悲鳴を上げる【黒天星狼】。

さすがにこれは効いているね。今回は本当の、ギャン！　だ。

「このまま仕留めてやるわ！　伝説の神獣！　討ち取ったり！」

「油断しないで、お姉ちゃん」

こんな簡単なはずがない。と思った瞬間、大狼の全身が光に包まれた。

剣を振り下ろしたセファリスが首を傾げる。

「急に、硬くなった……？」

神技は私達の技能の元祖。じゃあ当然、持っていて然るべきだよね、強化の技を。

防御力を、上げたんだ。

黒狼がブルブルッと体を震わせる。吹き飛ばされたセファリスは、危なげなく少し離れた地面に着地する、が。

そちらに向かって狼は大口を開けた。

「いかん！　今行くぞー！」

コルルカ先輩が一目散に駆けていく。

【黒天星狼】の口から放たれたのは強力な冷気だった。一帯の畑が、氷に覆い尽くされる。

姉のもとには先輩がギリギリで間に合った。

炎の壁が築かれ、その周辺だけ氷がない。水蒸気が上がっている。

「これは〈水激波〉か？　やはり雷球ほどの威力はないな」

「先輩助かりました！　危うく凍えるところでしたよ」

「ふふ、仲間を守るのは騎士として当然のことだ。礼には及ばん」

「さすがです。私も騎士として見習わないと」

……二人共、まだ騎士じゃないけどね。ともかく、お姉ちゃんのブーストが切れていたので先輩には感謝しかない。

それにしてもこの狼、何してくれてるの？

あの辺のジャガイモも、植え直さなきゃいけないじゃない。

私は〈ステップ〉の足場を使って【黒天星狼】の真上に移動。マナの大剣を振り上げる。

防御が強化されて、もう私の攻撃は効かないかも。ならこちらも強化するかな。

私の小手にはその魔法が宿っている。しかも結構特殊。強化されるのは一度の攻撃のみ。つまり毎回かける必要がある。けどその分、効果は大きいと思うんだよね。

いくよ、〈オーバーアタック〉発動。

溢れんばかりの力と共に、狼の背にマナの大剣を振り下ろした。

ズバンッッ！

「キャーン！」

絶叫と共に【黒天星狼】は大地に倒れこむ。

ついに、キャーン！と鳴かせたよ。もうこれ以上、ジャガイモ畑を好きにはさせない。

起き上がった【黒天星狼】は、歯を剥き出しにして私を睨む。想定以上に〈オーバーアタック〉の斬撃は効いたようだ。

でも、そんなに私ばかり凝視していていいの？　アレは定期的に飛んでくるよ。

「火霊よ！　爆ぜて私の敵を打ち砕け！　〈フレイムバースト〉！」

大狼の顔に、ドパンッ！　と再び炎が炸裂した。

撃ってきたミラーテさんに向かって怒りの一吠え。さっきから何顔ばっか狙ってきてんだ！　といった感じだろうか。

「ひぃ！　あの子よ！　トレミナ隊長がそうしろって言ったの！」

ミラーテさん、隊長を引き受けた覚えはありませんよ。

彼女には派手な火霊魔法で顔を集中攻撃するよう頼んである。やっぱり〈フレイムバースト〉が最適みたい。弓はいらないね。

これは、敵の視覚と聴覚を、わずかな間でも遮断するのが目的。マナを感知して私達の動きを読んでいても不快には違いない。

黒狼はすぐに視線を私へと戻してきた。

一番倒さなきゃならない相手は私、ってことだ。

姉と引っつけば強靭なマナを生み出し、単体でも危険な一撃を持っている。一刻も早く仕留めたいはず。

それを裏付けるように、【黒天星狼】の体がもう一度光った。

今度は攻撃強化かな？

準備が整った大狼は空に向かってジャンプ。

落下の勢いもプラスして、という意図だろうけど、良策とは言えないよ。忘れたの？　私にも遠距離攻撃があるってこと。

剣を地面に突き刺す。

まずは〈**オーバーアタック**〉を発動。次いで手の中にマナ玉を作った。

空中にいる大きな標的に照準を定め、〈**トレミナボール**〉投擲《とうてき》。

ドッシュ――――……、ドムッ！

「キャイ――――ン！」

強化された剛速球が神獣の腹部にめりこんだ。悲痛な叫びを上げて大地に叩きつけられる。これはかなり堪えたみたいだね。それにダメージは結構蓄積してるはずだ。

そろそろ仕留めないと、……ちょっと、嫌な予感がする。

おもむろに【黒天星狼】は立ち上がり、今度は横に走り出した。

ピタッと止まり、畑に爪を突き立てる。

すると、地中から尖った岩石が次々に出現。私は〈**ステップ**〉で宙に逃れるも、岩の針はどこまでも伸びてくる。

そこにトゲトゲの山を登ってきたセファリスが合流。

「トレミナ！　お待たせ！」

合わさって強固になったマナで岩石針を踏み砕く。お、伸びるのが停止した。

……嫌な予感、的中だよ。

〈**雷狼砲**〉、〈**火の咆哮**〉、〈**水激波**〉と来れば、流れ的に残すは二分の一の確率で地属性。完成した針山を頂から眺める。

何この巨大オブジェ。

使ったのは〈**地の爪**〉だろうけど、本当に大地の爪のような物体が。これ、撤去するのどれだけ大変か。

……聞こえる、ジャガイモ達の泣き声が。

度重なる攻撃で、一番ダメージが蓄積しているのはジャガイモ畑だ。

猶予はない。今すぐにこの狼を倒さなきゃ。

「お姉ちゃん。もう仕留めるから、お願いできる？」

「任せて！　しっかりやってみせるわ！」

ブーストを得たセファリスがタタタタッと駆けていく。

巨狼の攻撃を素早くかわし、横っ腹に斬りかかった。

彼女を援護するように、コルルカ先輩が突進を繰り返し、ミラーテさんが火霊魔法を連射。

「大技を続けたせいでバテ気味だな。攻め時だ！」

「私はとにかく顔を狙えばいいのね！」

この作戦は戦闘前から決めてあった。敵が弱り始めたら三人に誘導してもらう。一撃で終わらせられる力を溜めた私の所へ。

私は大剣にマナを集め、もちろん〈**オーバーアタック**〉も使用しておくよ。

タイミングを見計らって、空中の足場から跳んだ。

【黒天星狼】の首筋に、渾身の一振り。

ザンッッッッ――――。

――。

目の前では、地面に伏した大狼が苦しそうに息をしていた。もう立ち上がる力も残ってないようだ。

その瞳が動き、私を捉える。

伝わってきたのは、疑問。

なぜ自分が、こんなわずかな時間しか生きていない人間達に負けたのか。

いいよ、教えてあげる。

あなたの敗因は、ジャガイモ畑を戦場に変えたことだ。

＊

伝説の野良神【黒天星狼】の命を絶つ役目は私が担うことになった。

コルルカ先輩が、そのほうがいいと言った。

これほどの神獣になると誇り高く、気を付けないと屈辱に感じることもあるらしい。村の皆を食い殺そうとしたとんでもない神様だけど、それでも神様には違いない。恨みが強すぎると死後に何か発動したりすると聞くので、先輩の言う通りにした。

大狼の骸を前に、四人で手を合わせる。

皆の所に戻る途中、少し離れた森で動く人影が目に入った。相当な人数がいる。

あんな場所で何してるんだろう？　コーネルキアの人じゃないみたい。旅のキャラバンかな。

戻ると村の人達に囲まれた。さっきの怯えた様子は微塵もない。

「トレミナちゃん！　どうしてあんなに強いの！　ねえ！」

「セファリスもすごい動きしてたぞ！」

「英雄！　ノサコット村の英雄だわ！」

「石像を作って称えよう！」

とりあえず石像はやめて、絶対に。

皆のテンションがやけに高い。まあ、無理もないと思うけど。今の戦いに命を懸けていたのは私達だけじゃなかったということだ。緊張から解き放たれた村人達の熱気は凄まじかった。

えーと、お父さんとお母さんは……、あ、固まってる。

こちらもやっぱり、無理もないよね。二年前まで普通の子供だったのに突然、だもん。……少しずつ現実を受け入れてもらおう。

興奮冷めやらぬ村人をかき分け、村長さんがやって来た。

その行動は、他の人とは対照的だった。

私の肩に手を乗せ、静かに涙を流す。

「……長生きも、してみるものじゃ。……ありがとうのう、トレミナちゃん」

そういえば聞いたことがある。村長のハルテトさんはこの村の生まれじゃないって。彼が若かりし頃、まだコーネルキアという国はなかった。一帯は村々が点在するだけの空白地帯。野良神が我がもの顔で跋扈する無法地帯、と言い換えることもできる。住んでいる人々は常にその脅威に怯え、毎月のように亡くなる人も出たという。

力のある野良神の襲撃に遭えば、村ごと地図から消えるなんてことも。

ハルテトさんの村もその一つで、彼は命からがらノサコット村に辿り着いたらしい。この時代に生まれた私にわかるはずもないけど、悔しい想いも沢山したのかな。自分にもっと力があれば、って。

「はい、村長さんが村長を務める村で、村長さんに孫のように育ててもらった私が、村を消滅させようとした野良神を撃退しました。もう村長さんが村を救ったも同然です」

「…………。……ほんに、わしにはすぎた孫じゃよ、トレミナちゃんは」

ハルテト村長は気分を変えるように、「さて」と明るい声で。

「皆の者！　村の英雄、トレミナちゃんとセファリスの石像を作るぞい！」

あ、いつもの村長さんに戻った。

だから石像はいらないって。あんなの恥ずかしいだけだよ。ほら、セファリスも険しい顔してる。

お姉ちゃんも困るでしょ？

「……どうして石像なの？　銅像にして！」

そっちか。確かに、騎士の英雄は石像より銅像になってるイメージがあるね。

よし、じゃあ私の分はもう一人の騎士好きに押しつけよう。

「私は辞退するので、お姉ちゃんとコルルカ先輩、二人の銅像をお願いします」

「バッ！　バカ！　私はこの村の出身じゃないぞ！　それに銅像なんて恥ずかしいだけだろ！」

そう言いつつも先輩、ものすごく嬉しそうですが？

一気に賑やかな雰囲気となり、やや遠慮がちにミラーテさんが。

「じゃ私達、一旦報告に戻るわね。トレミナさん達のこともきちんと伝えておくから。ほんとに助かったわ。まさか、こんな上位の野良神が出没するなんて」

「それなんじゃがのう……」

再び村長さんが口を開く。また何か思い出したようだ。

「黒の厄災がドラグセンで騒がれていたのは、何十年も前の話じゃよ。てっきり、あちらで討伐されたものと思っておったがのう。よく行動を共にしていた白の厄災もろとも」

ん？

よく行動を共にしていた、白の厄災……？

『神獣進化ルート
（参考神獣＝【戦狼】）

■一次進化■

【戦子狼】
↓
【戦狼】
↓
【戦大狼】
【戦魔狼】
【戦角狼】
【戦甲狼】
【戦毒狼】

全神獣共通で、一次進化の最後に特性を選択。
【大】＝生命力特性
【魔】＝マナ特性

【角】＝攻撃力特性
【甲】＝防御力特性
【毒】＝特殊特性
二次まで来ると戦略級。（個体差は大いにあり）
辿り着ける神獣はごくわずか。

■二次進化■

【戦大狼】　　　　　【戦魔狼】
←　　？　←　　　　←　　？　←
【白王覇狼】　　　　【黒天星狼】
←　　？　←　　　　←　　？　←
【白王神狼】　　　　【黒天神狼】

同様に、角、甲、毒、ルートも。
【白王覇狼】などの二次進化体から上位種となる。
最終形態は名前に全て「神」が入り、これを独力で倒せた人間は剣神と呼ばれる』

ジャガイモ農家の村娘、剣神と謳われるまで。

Jagaimo nouka
no muramusume,
Kenshin to
utawarerumade.

第九章

白の厄災

Jagaimo nouka no muramusume,
Kenshin to utawarerumade.

誰ともなく、【黒天星狼】の亡骸に視線を送る。

言いようのない不安感を、場の全員が共有していた。最初に口を開いたのはセファリスだっただろうか。いや、村の大人だったかも。そんなことはどうでもよくなるくらい、誰もが現れた変化に釘付けだった。

「え、いつの間に……?」

そう、まさにいつの間に、だ。あるいは、始めからそこにいたのか。それは絶対にないだろう。見逃すはずないからだ。あんな巨大な生物を。

横たわる黒狼の傍らに、当神獣よりさらに一回り大きな白狼が立っていた。

(なんて大きさ……。まるで山じゃないか……)

(……こんな神獣、いったいどこから出現したんだ……)

と、皆は思っているみたいだね。

でも、私は見ていた。この白狼は、さっき人が見え隠れしてた向こうの森から出てきた。正確に言えば、最初は人間の姿だったけど、途中から巨大な狼に変わった。

あれってユウタロウさんが言ってた人形、いわゆる人型を使用していたということだよね。こんな上位神獣を差し向けてくるなんて、森に潜んでいる人達は間違いなくキャラバンじゃない。

どうしてノサコット村を攻撃してくるの?

今の時期ということは……、まさかジャガイモの植えつけを妨害するのが目的か？　まあ、そんなわけないよね。

何か大変なことに巻きこまれている気がする……。

いや、相手の目的どうこうよりも、やっぱりまずはこの巨狼をどうするかだ。

白狼は力尽きた黒狼をじっと見つめている。

「……白の厄災、【白王覇狼】じゃ……」

村長さんが重々しく呟いた。

なんとも偉そうで強そうな名前。それにしても村長さん、何十年も前のことなのによく覚えてるね。ずっと村長をしているだけある。

それにこの【白王覇狼】、名前だけじゃなく、実際にかなり強い。ひしひしと伝わってくる。マナの量は【黒天星狼】に劣るけど、何しろあの巨体だ。脚の一振りが必殺技級だろう。

それに、マナも決して少ないわけではない。私の満タン時より多いので。

たぶん総合的に見ると、黒狼と白狼はほぼ同じ実力だ。つまり、倒すにはさっきと同程度の戦力が必要になる。

ところが、こちらの現状はといえば……。

「む、む、無理だわ……。もう、戦えるはずない……」

ミラーテさんが顔を青ざめさせる。

彼女を筆頭に、第一二七部隊は全員マナが空に近い。今の状態じゃ【戦狼】にも勝てるか怪しいよ。

さっき報告に戻ると言い出したとき、止めようと思ったくらいだもん。

そして、人のことを言えた状況にないのが、私、セファリス、コルルカ先輩の側。実は先の黒狼戦、早く決着をつけたかったのはジャガイモ畑のためだけじゃなかったんだよね。

「……私は、まだまだ戦えるぞ」

「先輩、強がらないでください。わかっていますよ」

「く……、あんな神獣相手にペースを乱さずに済むのはお前くらいだ」

「お姉ちゃんは大丈夫よ！　まだいけるわ！」

「いやいや、お姉ちゃんが誰よりもギリギリでしょ」

姉にとっても先輩にとっても、【黒天星狼】は初めて戦う強敵だったので、精神的疲労によるマナ消費量が予定より多かった。その点は心配ない私でも、総マナの半分ほどを使ってしまっている。

まとめると、こちらの戦力は二分の一の私だけだ。

だけどあの白狼、長い時間ああやって黒狼を見つめている。どうしてだろ。村長さんなら知ってるかな？

「ふむ、あの二頭は兄弟では、という噂が流れておったのう」

知ってた。さすが村長さんだ。

でも、だとすれば一層まずい状況になりそうだよ。ようやくこちらを向いた【白王覇狼】の体からは、溢れんばかりの怒りのマナがメラメラと。

まいったな。

結局、選べる道は一つだけなんだけど。

上手くやれば、ここにいる皆の命を救えると思う。

私一人が死ぬことによって。

まっすぐ【白王覇狼】が歩いてくる。とてもゆったりした足取りだ。

同時に、威圧するようなマナを私達に放つ。

一人でも逃げ出そうものなら直ちに全員殺す！　マナなんて使えない村の皆も、しっかりそんなメッセージを受け取った。誰もその場から動くことができない。

もちろん私は動けるけどね。仕方ない、始めるとしよう。

セファリス、コルルカ先輩、それから第一二七部隊の人達、と順に視線を送った。

「今から七分間、私が時間を稼ぐよ。皆はその間、〈錬〉に集中して」

マナを増やす鍛錬の〈錬〉は、効率よくマナを回復させる手段でもある。それでも、七分で取り戻せるのはごくわずか。魔法一発分くらいだろうけど。

すると、先輩が腑に落ちない表情で聞いてくる。

「しかし、一人でどうやって七分も」

「〈全〉を使うよ。私ができる限り削るから、最後に一斉攻撃で仕留めよう。勝つにはそれしかないと思う。一秒でも惜しいからすぐ〈錬〉に入って。ちゃんと目を閉じてね」

「ほんとに一人で大丈夫なの？　けど信じるしかないわね、トレミナ隊長の言うことだもの。皆、錬りましょ」

そう促すミラーテさんを、あんたはいつ隊長職を譲ったんだ、という目で見つつ隊員達も従った。

コルルカ先輩も「それしか手はないか」と続いたが、セファリスだけはまだ納得できない様子だ。

「トレミナ、そんなにマナ残ってる？　嘘はダメよ」

「嘘なんかつかないよ。さあ、お姉ちゃんも早く」

「…………。お姉ちゃんは六分でトレミナを助けに行くわ」

「好きにして」

言ってくると思ったよ。だから七分にしたんだ。

……本当は、私が〈全〉を維持できるのは五分間だ。

剣を抜いて白狼に足を向けたそのとき、お父さんとお母さんが抱きつくように私を止めた。

やっぱり二人にも伝わったみたい、私の決意が。……あ、脚には村長さんも。

「トレミナ！　行くなっ！」

「行かないでっ！」

「行っちゃいかんのじゃー……」

私は体を捻ってスルリと抜け出す。

「他に道はないんだよ、わかって。私も死なないように頑張るから」

なかなか難しいんだけどね。

まっすぐ【白王覇狼】に向かって歩いていく。まあいつも通りの足取りだ。

あっちは私を見るや歩みを止めた。そのまま凝視してくる。どうやらマナで私を探っているみたい。

今、ちょっと驚いた。子供のマナ量じゃないしね。

そういえばこの神獣、人型になれるんだっけ。言葉通じるかな。

「私の言葉、わかりますか？」

すると、白狼はクイッと鼻を動かした。いけるようだ。

「あの【黒天星狼】を殺したのは私です。感知で向こうの人達を調べてもらえれば、真実だとわかります。村に危害を加える野良神は容赦しません。今からあなたも討伐します」

【白王覇狼】は村外れの集団に一度目をやった後、再び私に戻してきた。鋭い眼光で睨む。信じてくれたね。これで恨みの対象が私一人に絞られた。

だからって、私の命と引き換えに皆を助けてください、なんて言うつもりはないよ。約束してもらっても、なんの保証もないしね。

大事なのは、私を殺した段階で白狼の気が大分静まるということだ。

もしそのとき、自分がかなりの深手を負っていて、相手方に少しでも戦力が残っていれば、ここで退こうかなってなる可能性は高い。

こんな計算をするくらい、現在厳しい状況にある。

敵は相当タフ。きっと狼族の生命力特化進化とかに違いない。私が万全の状態でも、倒し切れるかどうか。今はその半分、五分の〈全〉でやれるところまでやるしかないんだ。

理想はやっぱり、相手の気分に頼るんじゃなく、残りの皆で倒せるほどの致命傷を与えること。

今回は私一人なので向こうの神技に耐えるには〈全〉が必須だ。状況はなかなかに絶望的だけど、勝機もないわけじゃない。

最大のチャンスは最初の一撃にあり。これに魂を込める。

よし、いくよ。

剣と盾を構え、【白王覇狼】に向かって走る。振り払うような前脚をジャンプで回避。〈ステップ〉で魔法の足場を作り、そのまま空中を駆け上がった。

私のほうは大狼二戦目で、ある程度は行動が読める。これに対し、あっちはまだ私の動きに慣れていない。

白狼の頭上に到達。さっき黒狼を仕留めた絶好のポイントだ。

ここまで私は、纏うマナは〈闘〉にし、〈プラスソード〉も使っていない。色々と不意打ちだけど、悪く思わないでね。余裕がないので。

【白王覇狼】の首筋に剣を振り下ろしつつ、マナを〈闘〉から〈全〉に。さらに〈プラスソード〉を発動し、マナの大剣を作る。

仕上げに〈オーバーアタック〉で強化。

ザン――――――ッッ！

「ギャギャ――――ウ！」

よろめく巨狼。しかし、足をグッと踏ん張り、体勢を立て直した。

怒りと闘志に満ちた眼でこちらを見やる。

……私の、魂の一撃（全力の不意打ち）が。

本当に、まいった。

私が全身全霊で放った初撃は致命傷に至らなかったものの、それなりに効いたようだ。【白王覇狼】

は体に纏うマナの量を一気に増やした。

これは気を付けないと。防御力が上がっただけじゃなく、攻撃面でも……。

考えを巡らせていると、いつの間にか巨大な肉球が目の前に迫っていた。空中の足場にいた私は、ベシッ！　と地面に叩きつけられる。

いたた……。

速くて、重い。なんて威力のお手。やばい、追撃が来る。

白狼が大きな口を開けてこちらを向いていた。特大の火炎放射が放たれる。

とっさに盾を掲げ、〈プラスシールド〉を展開。

ゴオォォオオォォォ――――――！

一帯のジャガイモ畑が火の海に変わる。

ようやく芽を出し、育ってきたジャガイモ達が灰になっていく。ここは生産者の生き地獄か。まあ、この業火の中で生きている私がおかしいとも言える。

これは〈**火激波**〉だよね。

〈**プラスシールド**〉は溶けたけど、〈**全**〉による守りは大丈夫だ。

神技は黒狼のほうが上じゃないかな。さっきのお手のほうが痛かったよ。やっぱり【白王覇狼】の特性は肉体の強靭さ。あまり近付きすぎると危険だね。たぶん咬まれたら即死だ。

じゃあ、距離を取って〈**トレミナボール**〉で攻撃していこう。

煉獄地帯を突っ切り、走りながらマナ玉を作成。

〈オーバーアタック〉、からの、〈トレミナボール〉発射。

白狼はすぐに避けられないと判断した。体の一部にマナを集めて防御に入る。

「グッ！　グゥ……！」

低い唸り声と共に、狼は巨体を少しのけ反らせた。

よし、効いた。

この調子で無駄撃ちせず、一発一発重い球を投げていくのがいいね。技能にマナを費やせば、それだけ〈全〉を維持できる時間が短くなる。節約しないと。

……私、残りマナを気にして戦うの、初めてだ。

【白王覇狼】の神技に耐えながら投球を続ける。と相手の攻撃に変化が。

技の威力が上がった？　違う、込めるマナの量を増やしたんだ。まずい、私の防御力はこれ以上にはならない。

そう思った矢先のこと、〈風の爪〉が生み出した突風が直撃した。弾き飛ばされて大分離れた畑に落下する。鈍い音。

……痛い。かつてないほどに。あ、やっぱり脚の骨が折れてる。

脚か……、しょうがない。治療しよう。

私の鎧には〈セルフリカバリー〉という魔法が付与されていた。その名の通り、自分の怪我を治すことができる。

けどこれ、結構マナを消耗するな……。普通なら治るのに何か月もかかる怪我だし、仕方ないか。

完治した脚ですっくと立ち上がった。

えーと、【白王覇狼】は……、動かないで待ってるね。

私に時間がないの、バレてるようだ。戦える時間はもう残り二分を切った。

やっぱりこの敵は倒せそうにない。

村の皆のほうに目を向けた。

お父さん、お母さん、あと村長さん。

ごめん、帰るのは無理になった。

結構遠くにもかかわらず、私の心の声は届いたらしい。

お母さんが崩れるように膝をつくのが見えた。

もう私にできるのは、残された時間であの巨狼に少しでも多くのダメージを与えること。ここからは、慎重さは必要ない。

命を使い切る。

決死の覚悟を胸に踏み出そうとしたそのときだった。

…………？

感じるものがあって空を仰いだ。

キラキラと無数の煌めき。

昼間でもはっきりわかるほどの輝きを放っている。

次の瞬間、【白王覇狼】の頭上に光の雨が降り注いだ。

シュドドドドドドド————————ッ！

「グッ！　グウッ！　グルッ！　グガウッ！」

纏うマナを増やしてなんとか耐えようとする巨狼だったが、堪らずに吠えた。

わかるよ、私も散々浴びたからね。それ、マナの守りを貫通してくるんだよ。

撃った張本人が空からゆっくりと降りてきた。眩い光に包まれた、神々しい姿の美少女。

「感謝して、トレミナ。同期の私が助けに来た」

感謝してもしきれません。今の私には、あなたが本物の天使に見えますよ、チェルシャさん。

＊

チェルシャさんは音もなく私の前に降り立った。

彼女も同じ黒煌合金の鎧を身につけているけど、武器は腰元にナイフが一本だけ。武器は必要ないってことだ。今、発動中の〈**エンジェルモード**〉はチェルシャさん自身を武器に変える魔法だし。

にしても、防具のデザインが違うとはいえ、ここまで見た目に差がつくとは。あっちは都会的でなんだかスタイリッシュ。対する私は装備に着られてる感が半端ない。

「そんなことない。トレミナもどんぐりぼっくりみたいで可愛い」

「共鳴で心を読まないでください。というか、どんぐりぼっくりってなんですか」

「どんぐり　イン　まつぼっくり」

「……身近なもので武装しているあたり、よく似ていますね」

「トレミナの装備は全然身近じゃない。私は聞いて知っている。その盾以外は全て非売品。特に〈オーバーアタック〉と〈セルフリカバリー〉が付与されたものは高級で、どちらも数千万はする。全身で一億ノア超え」

……一億？

いや、そんなはずはない。だって、防具はマリアンさんがお店に並んでいる数百万のものを選んでくれたんだから。

でも考えてみれば、研究所の所長さんとたまたま店頭で会うかな。

……まさか、最初から全部仕込まれていた？

「姫様に感謝するべき。いくらマナが多くても、使える技能がなければ宝の持ち腐れ」

確かに、装備に付与された戦技や魔法がなければ、私はここまで戦えていない。今だって、とっくに【白王覇狼】にやられていてもおかしくなかった。

その巨狼は後ろに下がって、私達に警戒の眼差しを向けていた。だからこうやってのんびりお喋りができているんだけど。

私もマナを〈全〉から〈闘〉に変えてある。

チェルシャさんが近くにいるのはすごい安心感だ。

狼も見つめているのは主に彼女。なんと言っても、世にも珍しい光属性だからね。

「チェルシャさん、応援要請を受けて来てくれたんですか？」

「そう、私はナンバーズだから要請に応じる義務がある」

「じゃあ、もうランキング一〇位以内に？」

尋ねると、美少女は少し得意げな笑みを浮かべた。

「ランキング七位の閃光の騎士を下剋上戦で倒し、その地位を奪った。奴はちょっと動きが速いだけで閃光を名乗っていた。ナンバーズの称号は、真なる光の騎士である私にこそ相応しい」

ひどいことを。

二〇〇〇人以上いる騎士の七位だから、ちょっと動きが速いだけじゃないと思いますよ。色々工夫したり、毎日走ったり、努力していたんじゃないかな。なのに、二つ名に光が入ってたばかりにチェルシャさんの標的にされて。気の毒としか言いようがない。

「気の毒じゃない。そういうシステム。トレミナ、自分が最下位だとわかってる？　いつまでもジャガイモにかまけてないで、ランキングを上げるべき」

「かまけてません。むしろそっちがメインです。私は今のままで」

【白王覇狼】が大口を開けているのが見えて言葉を切った。

放たれたのは〈**火激波**〉だ。

俺を無視していつまで喋ってるんだ！　ということだね。

押し寄せる火炎の大波。チェルシャさんは私を光の翼でくるんだ。すごい、熱を全く感じない。さすがの防御力。

次いで白狼は炎を突っきって直接攻撃に。危険なお手を私達は跳んでかわす。

「まぬけな犬め。安易に接近したことを後悔するといい。私達がお喋りしていたのはお前を誘い出すため」

え、そうだったの？

チェルシャさんの翼の片方が、細く、長く、形状を変化させていく。

「一点突破！〈エンジェルランス〉！」

ザスッ！

光の槍が大狼の胸に深々と突き刺さった。

「白いほうはとてもタフだと聞いた。望むところ。私はタフな相手を倒すため、日夜研究し、研鑽を積んできた」

……その〈エンジェルランス〉で私を串刺しにするつもりですよね？

【白王覇狼】は体勢を立て直すべく後ろに跳び退いた。

この隙にチェルシャさんは、私に向けて手をかざす。分離した光が私の全身を覆った。

温かい光……。守られてる感じがする。

「私の加護。トレミナなら、それで〈闘〉でも大丈夫なはず。二人であの狼を倒そう。予定は変更」

「倒さない予定だったんですか？」

「倒せない予定だった。そもそもすでに黒いほうが討伐されているのに驚いた。報告で聞いていた戦力では絶対に無理な相手。どうやった？」

私は〈錬〉中の皆のほうに目を向ける。

「皆で協力して、です。それよりチェルシャさん、敵について知ってるんですか？　森の中に沢山いるんですけど」

「奴らはドラグセン。詳しくは後続に聞いて。とにかく、私は防衛に徹する予定だったけど、こういう状況なら話は変わってくる。白いほうも仕留めて、肉をいただく」

……やっぱりお隣の大国、ドラグセンの仕業か。

そんな気はしていた。狼達はあっちの出身だし。野良神やめて軍門に下っていたのかな。つまり、守護神獣になったということだよね。ドラグセンに所属しているのは竜族ばかりって聞いていたけど、狼でも入れるのか。それで、こんな田舎の村を攻撃してくる目的はなんだろう。やけにコソコソしてるのも気になる。

まあ、考えるのは後にしよう。とりあえずこの巨狼をどうにかしなきゃ。

チェルシャさんがその美しい顔に不敵な笑みを浮かべた。

「私に秘策がある。そして、試したい技もある」

ふむ、伺いましょう。

――――。

剣を抜いた私は〈プラスソード〉を発動。【白王覇狼】に向かって駆けた。すぐに〈ステップ〉を使って空中機動に移る。

〈闘〉使用時の残り戦闘可能時間は約八分。マナを気にすることなく技能を繰り出した場合は六分ほどになる。さっきよりは延びたものの、それでも結構短い。

だけど、今回は充分だろう。

相変わらず牙は怖いので、顔周りは避けて体を斬りつけていく。

チェルシャさんは少し離れた所で翼をパタパタさせ、光の刃を飛ばして私を援護してくれる。〈エンジェルブレード〉というらしい。

徹底して背後から攻撃する私に、白狼はイライラが溜まってきたようだ。

そろそろあれが来そうだね。

【白王覇狼】は顔を上げる仕草を見せた。遠吠えと同時に周囲の空気が凍てつき始める。

直後、狼の体からは無数のつららが。

シュザザザザザザザッ！

盾を構えて**〈プラスシールド〉**。天使の加護のおかげでなんとか食い止める。

これ、**〈水の咆哮〉**だろうけど、殺傷力を上げるためにやっぱり氷結させている。神技って自由自在だな。心の中でぼやきつつ、氷を砕いて斬撃を浴びせた。

そうして攻撃を続けること約二分。

無尽蔵の体力を持つかに思われた白狼も、疲労の色が濃厚になってきた。

そうでないと困るよ。私はずっと**〈オーバーアタック〉**増しで剣を振っているし、チェルシャさんも光の刃を飛ばし続けているんだから。

ついにグラッと**【白王覇狼】**の体勢が崩れる。

ここだ、急いで退避。私が狼から離れるのを見届け、チェルシャさんは動いた。

二つの翼を一つに統合。

玉状に集約し、高密度のエネルギー体を作る。

パチッ、パチッ、と周辺でマナが弾ける音。

「一撃必殺！　〈エンジェルキャノン〉！」

ドシュッ！

と発射された砲弾は白狼に命中。

キィン！　ズズズズズズズズ………ッ！

着弾点から光が広がり、やがて巨狼の体を呑みこんだ。

荘厳な煌めくエネルギードームがジャガイモ畑に創造される。

光の収束後、【白王覇狼】は全身から湯気を発しながらも、四本の脚でしっかり大地に立っていた。

まさか、あれを耐え抜くなんて、と私はその顔を見上げた。

いや、この神獣はもう……。

私はそっと目を逸らす。

振り返ると、チェルシャさんは両脚を抱えて座っていた。

見覚えのある光景だ。全てを出し尽くしたらしい。外せば終わりの一発勝負。恐ろしい技を編み出しましたね。

「……トレミナのボールと撃ち合ってみたい」

「いいですけど、私は絶対に避けますよ」

＊

「エンジェルキャノンには改善の余地がある」

「一撃で必ず殺さなきゃいけないのはリスクが高すぎるので、その辺では？」

チェルシャさんと他愛ない会話をしていると、村のほうからぞろぞろと向かってくるのが見えた。

セファリスにコルルカ先輩、第一二七部隊の騎士達、そして、村人全員。いち早く駆けてきた姉が泣きながら私に抱きつく。

「トレミナのバカ！　死ぬつもりだったでしょ！　そんなのお姉ちゃん！　絶対に許さないから！」

次いで、村の皆が雪崩れこんできた。

「トレミナちゃんは村を救った勇者じゃ！　皆の者！　勇者を称えようぞ！」

村長さんの号令で担ぎ上げられる私。やばい、度重なる命の危機と、緊張からの解放で、皆のテンションが振り切れてる。いつになくスキンシップが激しい。

あれ？　お父さんとお母さんは……？

二人は少し離れた所で、苦笑いで安堵の表情を浮かべていた。心配かけてごめんね。

一方、チェルシャさんは同級生のコルルカ先輩のもとへ。

「ここの村人、すごく変」

「ああ、私も薄々気付いていた。この村は普通じゃない。しかしこの白狼、立ったまま息絶えるとは敵ながら見事だ。私もこんな最期を迎えたいものだな」

先輩は【白王覇狼】を見上げながらしみじみとしている。

そんなものに憧れる先輩も充分変です。だけど、村の威信はしっかり守らないといけない。

「皆、勇者である私からのお願い。普通にして」

「……はい、すまんのじゃ」

村長さん始め、皆少し熱が冷めたみたい。

ようやく解放されたものの、相変わらずセファリスは引っついたまま。その彼女が突然、彼方に視線をやった。

「来る！　師匠だわ！」

そう言われても私には感知できない。たぶん師弟の絆……、いや、危険を察知する姉特有の動物的直感だと思う。

一緒に眺めていると、地平線の向こうで土煙が上がる。

レゼイユ団長が凄まじい速さで走ってくる。馬の数倍は速度が出ているだろうか。あの人はこんな風に国中を駆け回っているらしい。セファリスはあれで小脇に抱えられて運ばれ続けた。トラウマになるのも納得だ。

後続の応援ってレゼイユ団長のことだったのか。と思っていると彼女は、ギュン！　と私達の目の前を通り過ぎた。そのまま一直線に森の中へ。ドラグセンの人達が潜伏している森だ。すぐにそこから多くの悲鳴が上がり、木々から鳥達が一斉に飛び立った。

そして、さらなる異変が起こる。

ベキベキと周囲の木を薙ぎ倒し、巨大生物が頭を覗かせた。ドラゴンだ。深緑の鱗に全身を覆われ、背中には翼が生えている。

……なんと、近所の森に竜が棲んでいたよ。

まあ、そんなわけはない。ドラゴンの体長は、二〇メートルほどある木の倍近い。こっちに立っている【白王覇狼】より少し大きいくらいかな。どう頑張っても隠れようがないだろう。間違いなく、あれも人型になっていた。

ドラグセンの守護神獣だね、きっと。強さは……、黒白狼達よりちょっと上くらい、だと思う。

もう戦うのは無理だよ。

その心配はないだろうけど。なんと言っても、ランキング一位が来ているから。

噂をすれば、木々の上、空中にレゼイユ団長の姿が見えた。私と同じ〈ステップ〉で宙を駆けている。

うん？　双剣を抜かないのかな？

魔法で戦うつもりなのかも。と見ていると、彼女はそのまま素手で、ゴンッ！　と竜を殴りつけた。

ズズゥゥン………。

巨体が森に沈む。レゼイユ団長はファイティングポーズをとり、相手が起き上がるのを待っている。

殴り倒すつもりだ……。さすがランキング一位。

すると、チェルシャさんが。

「団長、たぶんあのドラゴンを捕獲するつもり」

そう言った後、彼女は彼方に視線を移した。

「来る！　姫様だ！」

ふむ、こちらも何か特異な直感が働いたようだ。

地平線に現れたのは真っ白な毛玉だった。……大きい、しかもすごくもふもふだ。まさかあれが。

私達の前に停止したのは、体長二、三〇メートルはあろうかという巨大なリス。その愛らしい瞳が私を捉え、挨拶でもするように一度まばたきした。

間違いない、コーネルキア唯一の守護神獣、ユウタロウさんだ。

彼の背から、同じく真っ白な髪の美少女が顔を出す。

「トレミナさん！　無事ね！」

地面に降り立つや、リズテレス姫は私を抱き締めた。

待ってください、姫様。チェルシャさんが恐ろしい眼で睨んできます。

「はい、姫様にいただいた装備のおかげでなんとかなりました。剣と、あと防具類もそうですよね？　マリアンさんと結託……、協力なさったのでは？」

「その通りよ。さらに言えば、あなたを販売店に連れていってくれるようセファリスさんにお願いもしてあったわ」

姉を見ると、あっちはスッと目を逸らした。

「……連れていけば、私の装備一式トレミナが買ってくれるって」

確かに買ってあげた。私の行動まで読んでいるとは……。

「姫様に見通せないことなんてあるんですか？」

「もちろんあるわ。今回の一件がそうよ。これはドラグセンが長い年月を費やして準備してきた作戦だから」

リズテレス姫の話によると、森に潜伏しているのはドラグセンの隠密部隊らしい。彼らの任務は、表向き野良神の狼達を運用してコーネルキアの村や町を破壊して回ること。

その後、自国の野良神を追討する、という名目でドラグセン本軍が国境を越え、進攻を開始する手筈になっていたんだって。

それはつまり、戦争の始まり、開戦だ。

「けれど、企ては頓挫した。トレミナさんが敵を足止め、討伐までしてくれたおかげでね。奴らが標的に選んだ最初の村にあなたがいてくれたのは幸運だったわ。さもなければ、隠密部隊の動きを捕捉できなかったかもしれないし、軍の進攻も許していたかもしれない」

「そうなんですか。幸運でしたね」

「今はまだドラグセンと戦争するわけにはいかないのよ。こちらの備えは万全とは言い難い。回避できたのは本当に幸運だったわ」

「そうなんですか。本当に幸運でしたね」

「だから、トレミナさんは国を救った勇者ということよ。その栄誉を称え、王都にあなたの石像を、コーネガルデには銅像を作るわね」

……石像銅像のダブル。どうして皆、同じことを考えるの。しかも設置されるのは田舎の村じゃなく、国の二大拠点……。

コルルカ先輩、お姉ちゃん、羨ましそうな目で見ないで。喜んで譲るよ。

「遠慮しておきます。私一人の力じゃありませんし、チェルシャさんが助けに来てくれなきゃ死んでいました」

「そうだわ。チェルシャさんはあなたの村だと知って、即座に飛んでくれたそうなのよ」

と姫様は仰っていますけど、チェルシャさん、本当ですか？

「べ、別に。ただ一人の同期に死なれたら困る。それだけ。……それだけ！」

美少女はやや顔を赤らめた。また怒らせてしまったみたい。

そうだ、像なんかよりジャガイモ畑を元に戻すの支援してくれないかな。あちこち焼き払われていたり、氷漬けになっていたり、岩山ができていたり、と散々な有様だ。一番大きな穴はチェルシャさんのキャノンによるものなんだけど。

相談すると、リズテレス姫は快諾してくれた。

「じゃあ、村の代表者と話をするわ」

「お願いします。えーと、村長さんは……」

村長さんと年配の村人達がユウタロウさんの前に集まっていた。

一様に膝をつき、祈るような仕草。どうしたんだろう、と思っていると姫様がそっと教えてくれる。

「建国時、ユウタロウはたった一頭で全国土の野良神を倒して回ったの。何年も掛かったそうよ。あの年代の方達はそれをよく覚えているのね」

そうか、ユウタロウさんは正真正銘この国の守護神獣なんだ。彼がいなければ、ノサコット村もなくなっていたかもしれない。

私もリスの神様を見上げた。

「ユウタロウさんのおかげで今の私がいるようです。私もお礼を言います。本当にありがとうございます」

するとユウタロウさんはググーと顔を私の前に。

これは、触っていいよ、と？

白く柔らかな毛に手をうずめる。次の瞬間、私は本能の赴くままに抱きついていた。

なんて、もふもふなんだ……。

私、死ななくてよかった。

村長さん、羨ましそうな目で見ないでください。これだけは絶対に譲れません。

結局、ユウタロウさんは村人全員に触ることを許した。

やっぱり彼はとても優しい神様だ。大人も子供も関係なく白いもふもふの毛に体をうずめ、誰もが至福の表情を浮かべている。ほら、あんな小さな子も嬉しそうに、……いや、あれはコルルカ先輩だった。あとミラーテさんもいるね。

「こんな機会は滅多にない！　私達の神様と触れ合えるんだぞ！」

「そうよ！　守護神獣様にお触りできる機会なんて一生に一度あるかないか！」

そうですか、節度をわきまえてお触りしてください。

でも、まだ敵が残っていること、忘れてませんか？

見えていないはずがない。ここからそう遠くない森で、巨大なドラゴンが暴れているんだから。

レゼイユ団長は相変わらず技能を使わず、素手で応戦中。向こうは遠慮なく炎の爪や雷の息で攻撃してきてるのに。

団長の纏っているマナは凄まじい量なのでやられることはないと思う。ないと思うけど、なぜ素手？　……捕獲するにしても、技能や武器は使ってもいいのでは？

「まったくだわ。あれは遊んでいるわね。少し手伝ってあげましょう」

そう言ったリズテレス姫に視線を移した。

手伝う？　姫様が？

確かに今日の彼女は、いつもの上等な衣服の上に防具をつけている。デザインは違うけど私と同じ黒煌合金の装備で、年齢も同じ一一歳。なのに、あちらのほうがなんだかスタイリッシュだ。

おっと、こんなことを考えているとまたどんぐりと言われてしまう。

それよりも、奇妙なのはリズテレス姫のマナだよ。どんなに感知を研ぎ澄ませてみても、彼女からはマナを使えない普通の人となんら変わらない印象しか伝わってこない。

だけど、これはおかしい。

以前聞いた話では、彼女は生まれてすぐにマナを錬り始めている。一一年経った現在は相当な腕前になっているはず。

ずっと不思議だったんだよね。

私の心の内を見透かしたように、姫様はフフッと笑った。

「私、普段はマナを扱えないふりをして生活しているのよ。コントロールには自信があってね、高位の魔女である母さんにも気付かれたことはないわ」

「それって息が詰まりませんか？　私は抑えていたとき、そんな感じでした」

「ええ。でも、コーネガルデにいるときに発散はしているから大丈夫よ。見せてあげましょうか？」

「え……？」

「私の〈闘〉よ。実力が気になるんでしょ？」

「では、お願いします」

リズテレス姫はさほど気負う様子も見せずにマナを纏っていた。場のマナを使える者が一斉に振り返る。敵方のドラゴンもこちらを見た。

それも当然だろう。彼女のマナは、私よりもジル先生よりも、あの竜よりも多いんだから。

なお、私でもレゼイユ団長とユウタロウさんの実力は計れない。この人（神）達とはそれほどの開きがある。

姫様は私が会った人間の中で、二番目の実力者ということだ。付け足すと、マリアンさんをも超えている。

周囲の人達に聞いた話だと、〈錬〉は毎日集中力の限界までできるものでもないらしい。それをやってしまうと他のことが手につかなくなっちゃうんだって。集中力を使い切るわけだからまあそうなるよね。なので真面目な人でも、限界の半分程度、一日一時間くらいの〈錬〉が一般的。

でも、きっとリズテレス姫は一一年間、毎日二時間以上は錬っているはず。

「私は人より集中力を保てるの。前世では怪物と呼ばれたものだわ。そんな私から見ても、トレミナさんは怪物なのよ。心配しなくても、学園を卒業する頃には私を超えているはずだわ」

いいえ、全く心配していません。ジャガイモ農家には充分なマナの量です。

……ううん、充分ではないか。今日は危うく死ぬところだった。せめてあそこのドラゴンくらい強くならないとジャガイモ畑は守れない。

「そういえば姫様、団長を手伝うってどうするつもりですか？　魔法で援護とか？」

というのも、見たところ彼女は武器らしき物を持っていない。

「これを使うわ。マリアンさんから性能を試してほしいと頼まれているの」

リズテレス姫が腰の後ろから取り出した器具に、私は思わず首を傾げていた。

それの名前は知っている。

銃、だ。

火薬を使用して鉄の弾を飛ばすという、なんとも微妙な武器。元は神獣に対抗するべく開発されたものらしいけど、期待したほど効かなかったという残念な歴史がある。

ああでも、これより大型の大砲と呼ばれる武器なら【戦狼】を、ギャン！　と鳴かせるくらいはできるみたい。そのクラスの野良神だったら追い払えるから、配備されている町もあるって聞く。

とにかく、銃はマナを使えない人に向けたら危ないって程度の、なんとも微妙な武器だ。

「そんな物、役に立つんですか？」

「私が以前いた世界では、銃はとても恐ろしい兵器だったのよ。それに、これは時間を掛けて開発した魔導銃。火薬の代わりに火霊魔法が、銃身には電磁加速用の雷霊魔法が付与されているわ。そして……」

と姫様は拳銃の真ん中部分をカシャッと開けた。レンコンみたいに穴がいっぱいあるよ。

「これはリボルバーと呼ばれるタイプよ。穴に銃弾を装填するの。ちなみに、この弾も黒煌合金の特別製で、爆発系の火霊魔法が施されているわ」

え、じゃあ銃弾自体が魔導具では？　それを使い捨てにするんですか？

リズテレス姫はドラゴンの頭部に向かって拳銃を構える。

「最後に、同じ爆発系の火霊戦技を使うわ。火霊よ、銃弾に宿れ」

そう唱えると、引き金に指を――。

ドド――――――ンッッ！

竜の顔付近で激しい爆発。空気の振動がこちらにまで伝わってくる。

今、撃った瞬間には、もう向こうで爆発が起こっていた。あんなの避けようがない。しかもすごい威力。

ドラゴンは倒れたまま起き上がれないでいる。

……銃は、とても恐ろしい兵器だった。

しばらくして、姫様は「まあ使えそうね」と呟いた。

「魔導研究所の最終目標は、神をも殺しうる兵器の開発よ。まだ先は長いわ」

そうですか？　一歩手前くらいまで来てる気がしますが。

――――。

リズテレス姫がドラゴンを爆撃してから一時間ほど経った頃、今度はジル先生が飛んできた。比喩的表現ではなく、本当に空を飛んできた。ふわりと私達の前に下りたつ。

「先生、飛べたんですね」

「ジル様は風霊技能が大の得意なのよ」

自慢げにそう教えてくれたのはミラーテさん。彼女を見るや、先生はため息をついた。

「ミラーテ、トレミナさんの足を引っ張らなかったでしょうね？　いえ、あなたのことだからきっと引っ張ったわね。彼女は私と同じ一期生で友人なんですよ、トレミナさん」

「同級生で友人なのに、どうして様を付けて呼ばれているんです？」

「知りません、彼女に聞いてください。……やっぱり聞かなくていいです」

聞かなくてもミラーテさんは勝手に喋り出した。

「強くてかっこよくて、ジル様は皆の憧れだったの。男子も女子も告白してふられた人は数知れずよ。何を隠そう、私もその一人なんだから」

そういうことは隠したままにしてください。

ジル先生はといえば、完全に聞かなかったことにして姫様のもとへ向かっていた。

「近隣の拠点を回ってきました。二時間弱で回収に来るでしょう。あとは私が」

「そう、お願いね。トレミナさん、とにかくあなたが無事でよかったわ」

とリズテレス姫は再びユウタロウさんの背に跳び乗った。もふもふ神獣のパートナー、いいな。

あ、ちょうどレゼイユ団長も戻ってきた。

彼女は気絶させたドラグセンの人達を森の外に並べる作業をしていた。二〇人ほどの男女が整然と身長順に横たわっている。

……絶対遊んでましたよね？

彼らとは別に、団長は一人の少女を小脇に抱えていた。

このマナの感じ、間違いない。少女はあのドラゴンだ。持ち運べるように人型にさせてから眠らせた、ってところかな。

レゼイユ団長もユウタロウさんに乗ろうとして、ふと視線をこちらへ向ける。

「我が弟子セファリスよ、少しだけ強くなりましたね」

「ほんとですか！　ありがとうございます！」

「ですが、騎士トレミナはもっと伸びています。やはり実戦が一番ですね。休みが明けたら迎えに行きます」

「え……、はい……」

…………。

隣から絶望が伝わってきた。お姉ちゃん、残りのお休みで楽しい思い出、いっぱい作ろうね。

そんなこんなでユウタロウさんが駆け出し、国の（おそらく）トップ3は帰っていった。

見送ったジル先生は振り返り、私の顔をまじまじと。

「確かにマナの質が上がっていますね。何か心境の変化がありましたか？」

「いえ、特には……」

命を懸ける覚悟をしたからあれかな？

他に心境の変化は……、なくもないけど、今はまだあまり考えないでおこう。

「特にはないです」

「そうですか。何にしても、トレミナさんにとって今日は成長の日になったようですね。まだ途中ではありますが。あれがあるので」

ジル先生が目線で指したのは力尽きた大狼達だった。

【白王覇狼】の前にはチェルシャさんがいる。

「チェルシャさんは帰らないいんですか？」

「命の恩人になんて言い草。肉を食べずに帰れようか」

そうか、討伐した者の特権、神獣の稀少肉を食べなきゃ。

『今思い出しても、あの日は本当に大変だった。

私自身は技能一つしか使えない、半人前にも満たない状態で、守護神獣級を二頭も相手にしたんだから。

でも大変だった分、色々と転機になった一日でもあったね。

世界に対する向き合い方とかも変わったし、ああ、大事な出会いもあった。

当時は想像もできなかったよ。

あのときに捕獲されたドラゴンと、こんなに長い付き合いになるなんて。

本音を言えば、パートナーはもふもふの神獣がよかったんだけど。なんて書いてるの見られたら怒られちゃうね。

剣神（兼ジャガイモ農家）
トレミナ・トレイミーの回顧録』

＊

使い慣れたはずの我が家の台所。

なのに、イルミナお母さんは緊張で動けずにいた。

「手が震えてフライパンが持てない……！」

「しっかりして。ジル先生が言ってたでしょ。そのお肉は一塊五〇〇〇万以上するって。二つで一億ノアを超えるんだよ。わかってる？」

「それよ！　トレミナがそうやって言い続けるから！　……人にはプレッシャーというものがあるのよ。あんたは知らないでしょうけど」

「知ってるよ。けど思ったよりデリケートなんだね」

面倒だな、私が焼こう。

振り返ってうちの居間を見渡す。

そこには、セファリス、コルルカ先輩、チェルシャさん、第一二七部隊の七人、の総勢一〇人が身を寄せ合って座っていた。

ごくごく一般的な家庭の我が家。居間も決して広くはないけど、どうにか押しこんだ形だ。

騎士団がドラグセンの人達を連行していった後、ジル先生が【黒天星狼】と【白王覇狼】の稀少肉を切り出してくれた。その他の部分は明日以降に回収するということで、先生は水霊魔法で二頭を冷凍。来たときと同様に、風の飛行魔法で帰っていった。

ちなみに、ジャガイモ畑の修復も、明日地霊を扱える騎士達を派遣してくれるとのこと。こちらは一日で済みそうだって。

それを聞いた村の皆も安心した様子で帰宅した。

もう日が沈もうかという時間帯、戦いに参加した全員が私の家に集まった。

「やっぱり納得いかない」

チェルシャさん、まだ言ってるんですか。

「白いほうは私とトレミナで倒した。なのに、どうして二頭を一一人で分け合う」

「いいじゃないですか、この二頭はセットみたいなものだし。皆、マナが空になるまで必死に戦ったんですから」

それに、私とチェルシャさんで一頭は無理だと思いますよ。

キッチンのテーブルには、六、七キロの肉がどどんと二つ。ハンター家系のジル先生によれば、このサイズの神獣の魂を余すことなく引き継ぐにはこれくらい食べる必要があるらしい。

一一人で分担しても、一人あたり一キロちょっと……。

「さすがトレミナ隊長、仲間想いだわ。私、こんなクラスの神獣食べるの初めてよ。ほんと楽しみ！」

そんな風に笑っていられるのも今の内かもしれませんよ、ミラーテさん。

とりあえず調理開始だ。まずは【黒天星狼】のほうから。

包丁をマナで覆い、厚めの一枚肉をスッと切り分ける。これをシャシャッと一一等分。

「すごい包丁さばき……！　まるで匠だわ。あんたいつの間に」

「剣の道は料理の道にも通じる。腕を磨くということは己を磨くということ。それは食材の切り口にもはっきりと現れるんだよ、お母さん」

「言ってることまで匠だわ！」

適当にジル先生の受け売りをしつつ、フライパンに油を引いて焼き始める。

最初はシンプルな味付けがいいかな。仕上げにパラパラと塩を振りかけた。

「お待たせしました。どうぞ」

チェルシャさんとセファリス、ミラーテさんがほぼ同時にフォークを突き刺す。それからコルルカ先輩。遅れて第一二七部隊の六人が遠慮がちに。最後に私が取り、口に運んだ。

狼だからどうかと思ったけど、臭みもなくて柔らかくて、結構普通に食べられる。と喉の奥に運んだそのときだった。

あ、今、マナの絶対量が増えた……。

それに体にも力が溢れてくる感じがする。

すごい、【蛮駕武猪】とは全然違うよ。これが上位の神獣……。

一方、他の皆の反応は。

「きゃー！　何これ！　たった一切れでこんなに上がるの！」

「むぅ、想像以上だ……。これほど楽に強くなっていいのだろうか」

セファリスとコルルカ先輩にも衝撃だったみたい。第一二七部隊の人達も驚いているね。

そして、チェルシャさんは、

「トレミナ！　次は白いほう！　早く焼いて！」

興奮気味に急かしてくる。

はいはい、今すぐに。

同じように【白王覇狼】の肉も焼き、食べ比べするために、こちらも塩で味付けをする。実際に比べてみると、黒狼よりややあっさりの印象だけど、普通に美味しくいただけた。

肝心の上昇率はといえば、マナはさっきほどではないものの、体への効果は今回のほうが強いようだ。狼達の特徴に合致しているので、本当にその魂が身に宿っているのかもしれない。

肉の素晴らしさはわかったから、あとはひたすら食べるだけだね。

ここからは調理法や味付けを変えていくよ。

先ほどと異なり、今度は肉を薄くスライス。醤油と砂糖を絡めてフライパンでさっと炒める。黒狼と白狼、二パターン別々に調理。

うん、食欲を誘う香りだ。皆もフォークが止まらないみたい。

「トレミナ！　ご飯がほしい！」

「やめておいたほうがいいです、チェルシャさん。肉、まだまだありますから」

では次の料理に。

さっきと同じく肉を薄く切り、鍋で沸かした熱湯にスーッとくぐらせる。醤油にレモンを絞ったものにつけて食べてもらう。

さっぱりしていて、これも食欲が湧くね。

横目にチェルシャさんがご飯をよそっているのが見えた。やめておいたほうがいいと……、どうなっても知りませんよ。

さて、皆が食べている間にもう一品。

また薄切り肉を熱湯にくぐらせ、次は氷水へ。冷えた肉にオリーブオイルと醤油をかけ、粒胡椒を散らせば完成。はい、どうぞ。

それにしても皆、思ったより食べるね。チェルシャさん、何ご飯のおかわりしてるんですか。

「トレミナ、米に合う料理がほしい」

ええ。うーん、じゃあフライパンで簡単にできるもので。

トントントンッ、ジャッ、ジャッ、ジュ――――……。

「はい、狼の生姜焼きとウルフチョップです」

お腹いっぱいと言いつつも、皆フォークが伸びている……。

でも、さすがにそろそろ限界かな。持ち帰れるように肉率高めのハンバーグでも作ろう。ソースは数種類あると飽きなくていいかも。

黒白狼の合挽きミンチを作っていると、お母さんが呆然とした顔でこっちを見る。

「あんた、いつ料理を覚えたの……？」

「やだな、料理なんて初めてだよ。これは見様見真似でやってるだけ」

「……それ、見様見真似なの？」

…………？　変なお母さんだ。

予想通り、ハンバーグはおみやげとして持ち帰られることになった。……ただ一人、チェルシャさんだけは全部食べたけど。その体ですごく食べますね……。

だけど、全員満足げ、というか幸せそうな顔に見える。

私も初めて料理に挑戦した甲斐があったよ。

さてと、皆も帰ったし、後片付けしようかな。

……いや、まだ一人帰ってない人が。

リビングのソファーで、セファリスがぐでんと横になっていた。満ち足りた表情でお腹を抱えている。

ああうん、確かにこの上なく幸せそうだ……。

「お姉ちゃん、自分の家で寝てよ。隣でしょ」

「動けない、初めてトレミナの手料理をお腹いっぱい食べて、動けない。今日は泊めてー。コルルカ先輩も泊まるんだし、いいでしょ？」

「先輩は前からだって。もう……」

そのコルルカ先輩はすごく眠そうに、早々に自分の部屋へと戻っていった。今日は初めての強敵と全力で戦ったんだから仕方ないよね。疲れちゃうのも当然だよ。

そういえば、第一二七部隊の人達もこのまま村の宿に泊まるって言ってたっけ。皆さんも命懸けの戦いだったもんね。

「疲れちゃうのも当然だよ、うんうん。さ、早く後片付けしちゃおっと。この後、ランニングもしたいし」

「あなたはどうして疲れないのですか！　トレミナさん！」

声に振り返ると、窓の外にジル先生が立っていた。

私がガラス戸を開けるや、もう一度改めて。

「どうして疲れないのですか！　あなたが誰よりも戦っていたでしょう！」

「……そう言われましても。いつも通りですし。それより先生、帰ったのでは？」

「あなた達が稀少肉をきちんと調理して食べられるか、心配で見守っていたんですよ。気配を絶って。

……まさか、トレミナさんにあんな才能があったとは。いえ、実際にこの口で味わうまでは、まだ信じられませんね。ここにあの狼神達の（通常）肉があります。あなたの腕を見せてみなさい」

と肉を掲げたジル先生のお腹がグーッと鳴った。

……私達が食べるのを見守っていたら、我慢できなくなったんですね。

「……とりあえず中にどうぞ。それ、調理しますから」

というわけで、私は再度料理をする羽目に。

先生のリクエストはコロッケ、かと思いきや、シンプルに焼いたステーキだった。シンプルゆえに難しいなんて言われるけど、大事なのはたぶん火加減だと思う。熱の通り具合に気を配りつつ、私はウルフステーキを焼き上げた。

テーブルに運んでいくと、ソファーで寝ていたはずのセファリスも席に着いている。

「お姉ちゃん、お腹いっぱいなんじゃないの？」

「トレミナの手料理は別腹よ」

先に食べたのも私の料理だから、間違いなく同腹だよ。

ジル先生が肉を一切れ口に運ぶ。しばし味わったのち、静かにフォークを置いた。

「美味しくなかったですか？」

「いいえ、とても美味しかったです。完璧と言ってもいいでしょう」

先生は私の顔を見つめて微笑みを浮かべる。それから言葉を続けた。

「トレミナさん、あなたには本当に面白い才能の数々が備わっていますよ。もしかしたら、この世界の誰よりも強くなれるかもしれませんね」

……私がなりたいのは、ジャガイモ農家なのですが。

第十章

天使と悪魔

Jagaimo nouka no muramusume,
Kenshin to utawarerumade.

～チェルシャの視点～

月明かりの夜空を、満たされた気分で飛行する。稀少肉を食べたおかげで、一時は空になったマナも完全回復。纏っている光の精霊も元気を取り戻した。

違う、もっとだ。以前よりさらに元気になってる。

さすが上位神獣の稀少肉。また食べたい。こっそりドラグセンに潜入して守護神獣を捕まえてこようか。あの大国には、今日の狼達と同ランクのドラゴンがうようよいる。少しくらい食べてもバレない。

敵は減るし私は強くなるし、いいことずくめ。姫様も喜んでくれるに違いない。

そして、肉を手に入れたらトレミナのところへ……。

そう、トレミナ。まさか奴があそこまでの逸材だったとは思わなかった。

私は自信を持って断言できる。トレミナには、料理人の才能がある。それもとびきりのだ。

なんと言っても包丁の技術。

素人は意外に思うかもしれないけど、包丁は料理においてとても大切な要素。この工程で失敗してしまうともう取り戻すことはできない。食材を活かすも殺すも包丁次第。

今日トレミナが切った肉は、活きていた。

奴の恐ろしいところは、どんな高級な食材だろうが一切プレッシャーを感じず、淀みなく包丁を動かせるという点だ。

加えてマナまで使っているので、もう通常の料理人では到達しえない領域にいる。

実は私、さっき皆で稀少肉を食べる前に、一人密かに味見をした。勘違いしないでほしい。摘まみ食いじゃなく、上がり幅を記憶するため。神獣の肉は調理する人間を選ぶ。もしイルミナお母さんが包丁を握っていたら私が代わっていた。

それでトレミナの切った肉はどうだったかというと、私が切ったものよりマナが増えた。神にも通用する驚異の包丁技術。

さらに、トレミナの才は包丁だけじゃない。奴は料理するのは初めてだと言った。つまり、ほぼセンスだけであれだけのものを作ったんだ。

あの場にいた、私とトレミナ以外の九人は本当にラッキー。

自分の実力では絶対に狩れない獲物の肉を、最高の形で食べることができたんだから。第一二七部隊の平騎士六人なんかは、全員すぐに隊長格に上がるはず。本当にラッキーな奴ら。おみやげのハンバーグは強奪するべきだった。

まあでも、ラッキーなのは私も一緒。

命の恩人である私が頼めば、トレミナはあの神の腕を振るってくれる。どんどん肉を持っていこう。なんて思っていたらお腹が空いてきた。トレミナの家を出て、大体二〇分くらい。ゆっくり飛んできたけど、そろそろ……、見えた、コーネガルデ。

とりあえずご飯を食べに、……あれ？　このマナは！

学園を卒業した私は騎士団寮には入らず、一軒家を借りて生活している。その門の前に、なんとリズテレス姫が！

急いで着陸！

「姫様！　どうしてここに！」

「あなたに会いに来たのよ。もう帰ってくる頃だと思ってね」

「私に！　本当ですか！」

「トレミナさんを助けてくれたこと、改めてお礼を言いたくて。本当にありがとう、チェルシャさん」

「そのこと……。姫様にとってトレミナがどれほど大切な存在かはわかっています。だから、あのどんぐりは私が全力で守るつもりです」

今日、私にとっても極めて大切な存在になったし。

けど、私が助けるのは今回限りの気がする。

トレミナの戦いを見てそう思った。あと、私が到着する前のこともコルルカから聞いてる。

はっきり言って、寒気を覚えた。

やるべきことを淡々とこなし、自分の命さえも計算に組みこむ。戦闘の才能って色々あるだろうけど、トレミナのは相当やばい。どんな状況でも、力を最大限発揮できるっていうやつだもん。

あれでこれから技能や精霊を習得していくんだから、末恐ろしいなんてものじゃない。

「あなただってもっと伸びるわ。まだ一五歳だもの」

私の心を読んだように、リズテレス姫はそう微笑んだ。

「もちろんです。今度、ドラゴンを狩りに行こうと思っています」

「あら、いいわね。私も行こうかしら。あちらにも今日のお礼をしたいの」

リズテレス姫と私は食事に行くことにした。コーネガルデの繁華街から少し離れた路地裏にあるお店。ここは私が姫様に紹介したとっておきの場所だ。

キッチン『ポテリアーノ』。

小さなレストランだけど、その味はどんな高級店にも負けない。コーネルキア中の、いや、周辺国も含めた一帯の名店を食べ歩いた私が保証する。特にジャガイモを使った料理が絶品で、一番のおすすめはふわとろのポテトオムレツ。

テーブルの向かいに座る姫様が思い出したように。

「トレミナさんもここの常連なの。彼女もオムレツは必ず頼むと言っていたわ」

……さすがトレミナ。本物を探り当てる嗅覚と舌まで備えているとは。騎士にしておくのは惜しい逸材。

そういえば、奴はジャガイモ農家になりたがっていた。あれだけ戦闘と料理の才に恵まれているのに贅沢な話だ。

ま、私も以前は騎士になるつもりなんて全然なかったんだけど。

目の前のリズテレス姫を見つめた。

真っ白な髪に、知性を感じさせる眼差し。ここことは異なる世界からやって来た姫様。

全ては、彼女の力になるため。

＊

私がコーネガルデ学園に入学したのは一一歳のとき。

別に騎士になんてなりたくなかった。目的はただ一つ、錬気法の習得。マナを扱えれば、この不幸な体質を克服できるかもしれないと思ったからだ。

私の肌は生まれつき日光にとても弱かった。太陽を浴びると、火傷したように赤くなる。なので、常にフードを深く被り、顔や手には包帯を何重にもして巻いていた。

そんな私の当時のあだ名はミイラ少女だ。

屋外での運動など恐怖でしかない。体力がつくはずもなく、学年順位は当然ながら最下位。順位なんて、……気にはなったけど、それより一刻も早くマナを身につけたかった。

一日の大半を瞑想に当てる。

学園での授業中も、寮に戻ってからも、ひたすら瞑想。

その甲斐あって、入学から二か月でマナを認識できるようになっていた。

そこからは毎日、限界を超えて〈錬〉りまくった。まず早朝から二時間の〈錬〉。集中力を使い果たし、学園では抜け殻のように過ごす。夕食後にまた二時間の〈錬〉。済むと泥のように眠った。

この頃はリアルミイラと呼ばれたものだ。

私を突き動かしていたのは、思いっ切り日の光を浴びたい、という想いだけだった。マナを纏えばその夢が叶うかもしれない。決行は二年生に進級した直後と定め、それまでに少しでもマナを増やすことにした。

月日は流れ、二年に上がった私は、学園でのマナの使用が解禁された。

相変わらず体力がなかったけど、私にはこれを補って余りある量のマナが備わっていた。同級生達の約四倍といったところ。初日の体力測定で、最下位から一気にトップへ。最後の手合わせでは、剣を合わせた瞬間に相手の木剣が砕けたので、オール不戦勝となった。

この日はミイラ覚醒デーと名付けられたっけ。

だけど、そんなものより、私にはもっと大事な行事があった。

マナを〈闘〉の状態で維持し、右手の包帯を解く。

おそるおそる日光の中へ。

え、赤くなっていく……。

そんな！　どうして！　い！　痛いっ！

私は絶望した。

この一年間はなんだったのか。

しばらく呆然としたのち、夜更けになって寮を出た。もうここにいる理由はない。帰ろう。

しかし、時間が時間なだけに、町の外へつながるゲートの所で止められる。学園に連絡が行き、なんと理事長がここにやって来ると聞かされた。

なぜ一生徒のために学園の運営者がわざわざ来るのか、驚きしかなかったが、本当に驚いたのはその後だった。

現れたのは一〇歳にも満たない少女。

真っ白な髪の彼女は、この国の姫、リズテレスと名乗る。彼女は私の話を聞くと、すぐに考えに耽り始めた。

「おそらく紫外線が原因のアレルギー症状ね。あなたの〈闘〉であまり緩和されないとなると、防御系技能も効果は期待できないかしら……」

何この姫様……。……本当に、子供？

シガイセン？　アレルギー？

やがて結論が出たらしく、リズテレス姫はこちらに向き直った。

「可能性はとても低いけど、あなたの望みを叶える方法があるわ」

「お！　教えてください！　低くてもいいです！」

彼女は少し間を取ったのち、人差し指をピンと立てた。

「光属性の習得よ」

光属性を得るには、光の精霊に認められる必要があるらしい。そのためには、まず光の精霊と接触しなければならない。

アクセス方法は主に二つ。

一つは、精霊側から降りてきてくれるのをひたすら待つこと。ものすごく確率が低く、ほぼ運任せ。

もう一つは、すでに光属性を持っている人に精霊を紹介してもらう方法。所持者自体が稀なので、こちらも簡単ではない。

「扱える人を知っているの。早速会いに行きましょ」

そう言ったリズテレス姫と一緒に馬車へ乗り、王都に向かった。さらに城の中へと入っていく。姫様の同行者なら、こんな不審極まりないミイラも入城できるみたい。

広々とした部屋に連れていかれ、そこで待つように言われた。

仕方ないので壁際の椅子に座る。それにしても広い部屋。大人数でダンスが踊れそうだ。本当にそれ用の広間なのかもしれない。

しかし、お腹が空いた。思えば、晩ご飯を食べずに寮を出てきてしまった。

待つなら調理場がよかった……。

お城のご飯、気になる……。

どれくらい時間が経っただろうか。うつらうつらしていると扉が開いた。

「リズが手伝ってくれなきゃ朝まで仕事していたよ。本当、助かった」

慌ただしく部屋に入ってきたのは、二〇代後半のハンサムな男性だった。彼は私を見つけると、颯爽と歩み寄ってくる。

「待たせてすまない。もう始めていいか？」

じゃあこの人が、光属性の使い手……。

後から来たリズテレス姫が、私の視線にうなずく。

「はい、お願いします」

「先に言っておくが、精霊が受け入れることは滅多にない。これまで何度も人に試したんだ。でも、誰一人成功しなかった」

誰一人……。

姫様が隣の椅子に座ってきた。

「私も無理だったわ。最も重要な条件はわかっているのよ。一途な強い想い、よ。ただ、よほどの想いじゃなきゃダメのようね」

「…………。やってください。承知の上でここに来ました」

男性は「わかった」と私に向かって手をかざした。

発生した光が、見定めるように私に触れる。

……お願い。

光の精霊、どうか力を貸して。

私はどうしても、太陽の光を浴びたい……！

……外の世界で、自由に生きたい！

目を閉じて想いの限りをぶつけた。

――――。

ゆっくりと、目蓋を開ける。

光ってる……。

私の手が、ううん、私の全身が光ってる……！

リズテレス姫がガタンと席を立った。

「……成功だわ。成功だわ！　やったわ父さん！」

「ああ！　初めてだ！　まさかこんな日が来るとは！」

大興奮の二人。……ん？　姫様、今お父さんって言った？

「あの姫様、そちらの方は……」

「そういえば、紹介してなかったわね。私の父、アルゼオン王よ」

……この国の王様だった。

……私、王様に精霊分けてもらったんだ。

アルゼオン王はフード越しに私の頭を撫でた。

「大変な体質で苦労しただろう。だが、光の精霊ならきっと問題を解決してくれる。気難しい奴で時間は掛かると思うが、頑張るんだぞ」

私の国の王様が、こんなにかっこいい人だったなんて。姫様も美人なわけだ。

そうだ、今なら肌を出しても大丈夫。

フードを払い、顔の包帯を取った。

「驚いたな……。すごい美少女じゃないか」

「本当ね。とても綺麗な顔立ちだわ」

この反応、……いけるかもしれない。

それからリズテレス姫はコーネガルデまで送ると言ってくれたけど、その前に何か食べさせてもらえないか頼んでみた。

「夜も遅いからどうかしらね。父さん用の夜食くらいならあるかも」

調理場に行くと、料理長がその夜食を分けてくれるとのこと。胸をときめかせて楽しみに待つ。出てきたのは……。

「ラーメン……。お城で、ラーメン……」

「私達の食べているものは皆とそう変わらないのよ。ここは小国だし」

そうなんだ、逆に親近感が持てる。ますます気になる存在。

しかしこのラーメン、魚介と野菜の溶けこんだあっさりスープが美味しい。深夜に食べてもお腹に優しいチョイス。やるな、料理長。おかわりを。

私がラーメンをすする横で、リズテレス姫は優雅にティータイム。

「父さんは昔、小さな村で野良神から皆を守る仕事をしていたの。それを祖父がヘッドハンティングしてこの国に連れてきたらしいわ」

「ヘッドハンティング？　首刈り？」

「勧誘して、ということ。それから養子にして国を継がせたのよ」

「村の用心棒から国王に、すごい成り上がり。料理長、おかわりを。でも、どうしてそんな話を私に？」

「チェルシャさん、気になっているようだから」

はい、とても気になっています。王様ではなく、姫様のことが。

私を光へと導いてくれた姫様。

深い知識を備え、謎に満ちた姫様。

もっとあなたのことが知りたい。

あと、容姿がすごく好みです。

かっこいい王様のことは別に……、料理長、おかわりを。

そのとき、先ほど別れたアルゼオン王も調理場に。

「はぁ、腹へった。料理長、夜食を頼む」

「それが、あの子が全部食べてしまいまして……」

すみません、王様。精霊を分けてもらった上に、夜食まで。

そのあと、リズテレス姫から受けた説明によれば、属性を身につけるのは時間が掛かるのだとか。

通常の火風地雷水でも、精霊を認識して親和性を高めるのに約半年。それからようやく属性技能の習得に入る。光の精霊はさらに厄介だ。

私の場合、すでに認識はしているけど、親和性のほうが課題で、王様によると一年くらいは覚悟しておくべきだという。なんて気難しく面倒な精霊……。

だけど、焦りはなかった。姫様も王様も、光の精霊ならきっと問題を解決してくれる、と言った。

二人の、特に姫様の言葉を信じることにした。

親和性を高めるとはつまり、仲良くなること。

とにかく精霊を自分のマナに馴染ませればいい。

一番効果的なのは〈錬〉のときに一緒に錬りこむことだけど、〈錬〉ができる時間は限られている。

だからそれ以外の時間はとりあえず精霊とマナを引っつけておくしかない。

私は二年生の大半を光って過ごすことになった。この頃は、ミイラ少女が昇天しつつある、とよく周囲から心配されたものだ。

二年も終わりに近付いた頃、やっと光の精霊が少しだけ言うことを聞いてくれるように。マナを食べさせて属性変換させることが可能になった。

操れるようになるまであとちょっと。

先が見えてテンションが上がり、私は一層光り輝いた。周囲から眩しいと言われる。

ずっと学年一位を守り通していた私は、学年末トーナメントでも、コルルカやクランツを叩きのめして優勝した。

そうして三年生に上がり、ついに光の精霊を従えることに成功する。

早速、シガイセンとやらから身を守る魔法の構築に着手。シガイセンとやらはよくわからないので、太陽光中の私に害となるものは全て除去してもらう設定にする。

魔法は数日で完成し、

――いよいよ待ちに待った瞬間を迎えた。

「光霊、太陽光中の私に害となるものを全て除去しろ。〈チェルシャガード〉！」

右手の包帯を取り、おそるおそる日光の中へ。

…………、

……あ、赤くならない！　全然痛くもない！

やった！　上手くいった！

……待て待て、もう少し様子を見てから。

一分経過――。

二分経過――。

五分経過――。

一〇分経過――。

……なんともない。

……なんとも！　ない！

全ての包帯を取り、日向に飛びこんだ。

フード付きの外套も脱ぎ、全身で思いっ切り日光を浴びる。

「う！　うぅ……！　うぅっ……！　うあ――っ！」

声にならなかった。

望んで焦がれて止まなかった光の世界。

薄暗く狭かった私の世界はこの日、大きく広がった。

姫様に報告に行くと、彼女も一緒になって喜んでくれた。

そして、私にお願いがあると言う。

「チェルシャさんのその力、できることならこのコーネルキアのために使ってほしいの。騎士となり、私と共に国を守ってほしい。考えておいてくれる？」

考えるまでもありません。姫様にこの恩を返し、姫様のお傍にいるため、私はすごく強くなります。

私はあなたを守護する天使になる。

というわけで、すごく強い天使、をコンセプトに新たな魔法を作ることに。

なお、〈チェルシャガード〉は主にシガイセンとやらを除去するだけの魔法なので、とても燃費がいい。一日一回かけるだけで、私は普通の生活が送れるようになった。

ミイラから脱皮した私の姿に、学園は騒然。しばしば告白されたり、恋文をもらったりしたけど、ごめん、私には姫様がいるので。

取り組んでいた戦闘魔法〈エンジェルモード〉の完成により、三年の学年末トーナメントもぶっちぎりで優勝した。

リズテレス姫にさらなる修練と進化を約束し、一年後、その成果を見てもらうことにした。

――――。

ポテリアーノの絶品オムレツを食べ終えた私は、同時に過去の回想も終えた。四年のトーナメントでは優勝を逃したけど、姫様に戦う姿を見てもらえたのでよしとする。トレミナに感謝しなきゃ。

……私はたぶん、これからトレミナに差をつけられていく。

それでもいい。

あなたのお傍にいられるよう、私なりに頑張って強くなります、姫様！

すると、向かいに座るリズテレス姫がくすりと笑った。

「勘違いしているようね。私はあなたをただの戦力として見ているわけじゃないわ。前世のことも話したでしょ。チェルシャさん、あなたは私の友人、いいえ、もう親友よ」

……姫様。

好きです、結婚してください。

～ジルの視点～

もうすぐ日付が変わろうかという深夜、私は魔導研究所の前でリズテレス姫を待っていた。隣では所長のマリアンさんが難しい顔をして立っている。

気持ちはわかる。

彼女にとって姫様は、今も昔も、前世でも現世でも子供なのだろう。これからやろうとしていることを考えれば、心境は穏やかではないに違いない。

やがて街灯に真っ白な髪が照らし出される。リズテレス姫がこちらへ歩いてくるのが見えた。

「お帰りなさい。本当にゆっくりでしたね」

「チェルシャさんとレストランを数軒回ってきたわ。これは彼女へのお礼だもの」

「あの子がいなかったらと思うと、ぞっとしますね……」

「……まったくね。さあ、出発しましょうか。マリアンさん、それを」

研究所の所長はやや躊躇ったのち、手に提げた大きなケースを差し出した。渡しはしたものの、やはり一言言わずにはいられないらしい。

「止めても無駄なのはわかっているさ。覚悟はできているんだね？」

「覚悟なら、この国を守ると決めたときにしたわ」

姫様はそれ以上語らず、視線を私に。

「ケースは私が持ちます。風霊よ、私達を大空へ。〈ウインドウイング〉」

巻き起こった風が、私とリズテレス姫の体をふわりと浮かせる。

一気に高度を上げ、上空まで。

方角を確認し、本格的に飛行を開始する。

向かうは東。

この魔法は対象を風の膜で覆い、それを押して飛ぶ仕組みになっている。

どれだけ速度を出しても私達自身が空気抵抗を受けることはないし、会話もできる。

「姫様、そのお姿でよろしかったのですか？」

私は鎧を身につけ、剣も携えている。一方の彼女は普段着のままで、武器も持っていない。ああ、
武器は私が預かったんだった。

「構わないわ。ジルさんを信頼しているから。敵と交戦することはないでしょ」

確かに交戦にはならない。今から行うのは一方的な攻撃だ。

リズテレス姫は怒っている。

それだけドラグセンの奇襲作戦に肝を冷やしたのだ。

向こうが開戦の口実作りで何か仕掛けてくるのは予想できた。だから国境付近は巡回を増やしていたし、有事には早急にナンバーズが駆けつけられる体制をとっていた。

実際、村々や騎士に被害が出ても、相手の企みは潰せただろうし、開戦にも至らなかっただろう。

想定外だったのは、そこにトレミナさんが居合わせたこと。危うく手塩にかけて育てた彼女を失うところだった。育てたのは私ですけど、姫様もずいぶん楽しみになさってましたからね。

あっと、あの先はドラグセンだわ。ルートを外れないように気を付けないと。

「ですがトレミナさんは助かったわけですし、おかげで得られたものも多いでしょう。マナを合わせる〈**合**〉や〈**皆**〉などは相当ですよ」

「それは結果論よ。まだまだ備えが足りなかった。あと、トレミナさんのことだけじゃないと言ったでしょ。民間人を狙った作戦が許せないし、開戦を遅らせるためだって」

「そうでしたね。ですが一番はトレミナさんでは？」

「もう、余計なことを考えていると索敵に引っかかるわよ」

「私を信頼しておられるのでは？」

守護神獣の感知範囲は数キロにも及ぶ。現在、私はそれを避けてドラグセン国内を飛んでいる。

この国にはすでに五〇人を超えるコーネガルデ騎士が潜入しており、敵戦力の所在を随時知らせてくれる。諜報能力に長けた者ばかりなので、彼らの信頼性も高い。

「目標ポイントに着きましたよ」

「じゃあ、始めましょう」

空中でそのまま状態を維持。

私は背負ってきたケースを開ける。中には大型の銃が入っていた。

黒煌合金製でライフル銃よりさらに一回り大きい。

この世界には存在しない銃。マリアンさんによると、厚い装甲を破壊するための銃を参考に作ったらしいけど、拳銃とは比較にならない威力と弾速だということは私にも推測できる。これまでの試し撃ちじゃない、本当の性能が今日見られるのね。

姫様……？

リズテレス姫は遥か遠くの砦に向かって手を合わせていた。

約一〇キロ先にあるあの砦が今回の標的になる。コーネルキア進攻の際には要となる拠点だ。

「あそこには五竜のヴィオゼームと数頭の上位竜、そして、五〇〇〇人以上の兵士がいるわ。……この一撃でおそらくほとんどが命を落とす」

やめますか？　と尋ねようとしたときには、姫様はもう銃を手に取っていた。

「国を守ると覚悟したときに決めたのよ。そのためなら悪魔にもなると」

銃弾は数発の中から雷属性のものを選ぶ。

「雷霊よ、銃弾に宿れ」

今の戦技にかなりのマナを……。残りは兵器用ね。

この一発は正真正銘、姫様の全力。

リズテレス姫は銃を構える。

一一歳の彼女が持つと、大型の銃が一層大きく見えた。引き金に指をかける。

ズドンッ！

……ジジ、ジ、ジジ、……ジジ……ジ……。

撃つと同時に砦がすっぽり雷球に包まれた。放電する音がここまで聞こえるので、かなりの轟音に違いない。あの中で生きていられる者なんて、いるはずがない。

そう思った瞬間、雷球から黄金のドラゴンが出てきた。

私でも見たことのない巨体だ。遠すぎて定かではないが、体長百メートルくらいあるだろうか。

「ヴィオゼームだわ」

「あれが、五竜の一角……」

そう、ドラグセンを支配しているのは人間ではなく、一〇〇〇年以上生きている最上位の竜達。まさに神と呼ぶに相応しい力を秘めた五頭。

ヴィオゼームは翼を使ってその場で飛んでいる。私達に気付いた様子はない。

約一〇キロというのはあの竜の感知力を考えて設定した距離だった。

リズテレス姫は銃をケースに戻しながらため息をつく。

「彼は人型でいたはずよ。つまり、私の全てを込めた一撃でも、力が半減しているヴィオゼームさえ仕留められなかった」

「……姫様の計算では、開戦はいつ頃ですか？」

「二年後よ」

……あと二年で、あれを五頭倒せる戦力を私達は揃えなければならない。

追章

コーネガルデのどんぐり

Jagaimo nouka no muramusume,
Kenshin to utawarerumade.

統一暦八六七年一月上旬。

年が明け、二年生も残りわずかに。

昨晩から降り続いていた雪も朝方には止み、コーネガルデの町は銀色に輝いていた。真っ白な道にギュッギュッと足跡をつけて歩く。

私の生まれたノサコット村はここより北に位置するので、冬はもっと雪深い。だけど、こちらもなかなかのもの。まあ、コーネルキア自体が北国だしね。

雪道には雪道の歩き方がある。私も慣れたもので、走ったりもできるよ。この季節も毎晩欠かさずランニングしているからね。どれだけ路面が凍結していようが、錬の技術〈着〉を用いれば私がすっ転ぶ確率は限りなくゼロに近い。

「今は必要ないけど」

呟いて北の民の技術で歩みを進める。

ギュッ、ギュッ。

ギュッ、ギュッ。

どこに向かっているのかというと、この町の広場に最近新たに設置されたユウタロウ像の前だ。

コーネガルデはできて間もない都市なので、次々に新しいものが追加されている。唯一の守護神獣、ユウタロウさんの銅像もその一つ。早速、定番の待ち合わせスポットになりつつある。

かく言う私も、そこでセファリスと待ち合わせだ。

彼女は朝早くから買い物に出掛けていた。新年の大売り出しとやらで、多くの商店がバーゲンセールを開催している。

お姉ちゃん、すっからかんになってそうだな。

つまり、私は今から姉にランチをごちそうしに行く。

思わずため息。ふと、道の脇に固まっている集団が目に入った。人目を避けるように一〇人ほどの男女がコソコソとしている。

怪しい、何かよからぬことをしているのでは……？

なんて、そんなわけないけど。コーネガルデは高い壁に囲まれた要塞都市で、来訪者はゲートで厳しいチェックを受ける。身元が怪しい人は入れないよ。きっと外部の搬入業者さんだろう。

お困りごとかな？　マナを耳に集中させ、様子を窺ってみる。

「ここまで来たはいいが、……これからどうしたものか」

そう言ったのは二〇歳過ぎの女性。若くはあるけど、どうも彼女が一団のリーダーのような雰囲気だ。天を仰いで悩む仕草の彼女に、三〇歳半ばの男性が。

「しっかりしてください、カロヴィネ様……。今回の任務のために俺、兄貴に似せて髪をバッサリ短くしたんですよ」

「わかってるよ。でも、以前のロン毛より断然似合ってるぞ」

……私もそう思います。以前のロン毛を知りませんけど。

そんなことよりやっぱり困っているみたい。何かお手伝いできるだろうか。任務と言うほどだから大事な仕事のようだし。

「どうしました？　何かお困りですか？」

私が声をかけると、彼らはビクッと体を震わせた。恐る恐るこちらを振り返る。私の姿を見るや、安堵の表情に変わった。

ん？　どういうこと？

リーダーの女性、カロヴィネさんがニコッと笑顔を作った。

「別に大したことじゃないんだよ。心配してくれてありがとうね、お嬢ちゃん」

しばらく私を見つめていた彼女の顔が、何か妙案を思いついたかのように輝いた。

「お嬢ちゃん、お兄さんかお姉さんか、あるいは知り合いにでも、コーネガルデ学園の生徒がいないかな？」

「いますよ。私自身もそうです」

「……え、けどお嬢ちゃん、八歳くらいだよね？」

「……一一歳です。私はトレミナ、学園の二年生です」

「しかも二年！　好都合だ！」

「好都合？」

「あ、いや、……実は妹があの学園に興味を持っていてね。叶うならどんな所か教えてやりたいんだ。そこでトレミナちゃんにお願いなんだが、……ちょっとだけ、学園で使っている教科書を貸してくれないかな？　や！　すぐ返すから！　ああ、申し遅れたね。私の名はカロヴィネ。こいつの元で働いている商人だよ」

……もう怪しいなんてものじゃない。

雇い主をこいつ呼ばわり。カロヴィネさん、絶対に商人じゃないですよね？　どこか良家のご出身では？　少しだけマナが使えるみたいだから、騎士の家系とかかな。

こいつと呼ばれた元ロン毛の彼や、周りの人達は慌てふためいている。どうやら世間知らずはリーダーだけのようだ。

それで、おそらくこの一団は他国のスパイ。

目的はコーネガルデ学園で使用している教科書の奪取だろう。あれ、実は錬気法の極意が詰まった奥義書なんだよね。とりわけ修練が本格的に開始される二年生からのものは重要。

なので、外には持ち出せないようになっているよ。

「貸すのは不可能です。教科書の持ち運びが許されるのは校舎とその周辺のみ。せいぜい隣接する学生寮までですから。設定範囲から出ると消滅する魔法がかけられています」

「しょ！　消滅！　……そんな、どうしよう」

情報流出対策はそれだけじゃない。

私達学生は、学園で得た知識を外部に漏らさないよう、入学時に魔法の誓約書を書かされる。もし破ると私達は消滅……、はさすがにしないけど、破れないようにはできているよ。人に話そうとすれば口が動かなかったり、ペンを持つ手が止まったり。良心の呵責と連動した魔法らしい。

カロヴィネさん達は私から距離を取るように道の端へ。コソコソと相談を始めた。

……どうしたものかな、あの人達。

とりあえず、騎士団本部までご同行願おう。たぶんコーネガルデから脱出する相談でもしてるんだろうけど、逃がすわけにはいかないよ。

マナで聞き耳をたてる。

……カロヴィネさんが決心したように強い口調で。

「こうなったら手は一つだ。教科書の代わりにあのトレミナちゃんを連れ帰るぞ」

……え？

＊

「カロヴィネ様、ですがそれは……」

「案ずるな、きちんと当家で面倒を見る。どんぐりみたいで可愛いから私の妹にしよう。いや、私欲で言ってるんじゃないぞ。さっきの話し方を聞いたろう？　とてもしっかりした子だ。もしかしたら教科書の内容も全て覚えているかもしれん」

……大体は頭に入ってますけど、誓約書があるからそれはできないんですって。あとそれ、世間では人さらいとか誘拐と言うんですよ。

コソコソ話を終え、人の良さそうな笑みを浮かべたカロヴィネさんが近付いてくる。

本心を知っているだけに、典型的な人さらいに見えて仕方ない。

「待たせてごめんね、トレミナちゃん、お腹空いてないかな？　足止めさせたお詫びに、なんでも好きなものごちそうしてあげるよ。ケーキとか好き？　よし、ケーキ食べさせてあげるからお姉ちゃんと一緒に来て。あ、私のこと、お姉ちゃんって呼んでいいよ」

……本心を知らなくても人さらいに見えたと思う。そしてこの人、私を妹にする気満々だ。

「私にはすでに姉がいるので遠慮しておきます。それから、隠さなくて大丈夫です。聞いていましたから。私を誘拐するつもりでしょう？」

作戦を見破られたカロヴィネさんは大きく一歩後ろに下がる。コートの中から短剣を取り出した。

「バレてしまっては仕方ないね。トレミナちゃん、一緒に来てもらおうか。逆らわないほうがいいよ。君も少しはマナが使えるようだけど、まだまだヒヨッコ。私には到底敵わないからね」

そう言って彼女は短剣を抜き、マナを〈闘〉にした。

実力行使に出てきたね。まあ、こっちもそのつもりだったんだけど。

カロヴィネさんのマナは同級生達の平均よりちょっと下くらい。この一団にはマナ使いがあと二人。どちらもリーダーの彼女よりさらにマナが少ない。

こういう任務に当たっている人達なので、それなりに精鋭のはず……なんだけど、他所の国はこんなものなのかな。カロヴィネさんも、かなりの腕前です、的な空気を醸し出している……。

錬気法の技術ってやっぱり重要なんだ。教科書を狙って潜入までしてくるわけだね。

普段、私はマナを〈常〉と〈隠〉の間に設定している。同級生と同じ程度に抑えてるんだけど、今はそれより下げた状態だ。マナを使える大人の人達だし、失礼かなと思って、とっさに彼らより低くしたんだよね。

おかげでヒヨッコって言われちゃったけど。いや、怒ってはいないよ。相手は誘拐犯だし、こっちも〈闘〉でいいよね。いや、怒ってはいないよ。

私は纏うマナの量を一気に増やした。

お待たせしました、これがヒヨッコの〈闘〉です。

余裕の笑みを浮かべていたカロヴィネさんの口が、パカッと開いた。あ、これはあんぐりというやつでは？

「か……、怪物だ……」

失礼な。ちょっとマナが多いだけのヒヨッコですよ。

残り二人のマナ使いもカロヴィネさんと同様の反応を見せるが、他の人達は不思議そうな顔をしている。マナを使えないから感知もできないんだよね。でも、彼らにもわからせる方法がある。

敵意の篭ったマナを当てればいい。それで充分な威圧になるし、教科書にはさらに効果的なやり方が載っているよ。

先に実力を見せつける、という手だ。

「カロヴィネさん、ちょっとすみません」

短剣を握る彼女の手を掴んだ。

「は、離せっ！　くぅ、ビクともしない！」

実力を見せるといっても、殴っちゃうとただじゃ済まない。だから……。

短剣を固定しているのとは逆の手で、刃部分を軽くはたいた。

パキッ。

小枝のように短剣は根元からぽっきりと。

場の全員があんぐりになった。よし、このタイミングで。

「皆さん、騎士団本部まで一緒に来てもらいます。逆らわないほうがいいですよ。私、まだまだヒヨッコなので、手加減できませんから」

威圧の気を、マナを使えない七人にぶつける。

その瞬間、彼らは揃って意識を失った。次々に雪の中へと倒れこむ。

……やりすぎてしまった。

彼らからすれば、あなた達の首もぽっきりいっちゃいますよ、と殺害予告されたようなもの。さすが教科書。ものすごく効果的だった……。

それと私、少し怒っていたみたいだ。

掴んでいるカロヴィネさんの手から震えが伝わってきた。

「は、離して、ください……。ヒヨッコなんて言って、すみませんでした……」

「……泣かないでください。じゃあ本部に出頭しましょ？　私も一緒に行ってあげますから」

「うん……。……トレミナちゃんは優しいな」

一緒に行かないと逃げるでしょう。

そのとき、路地の角を曲がってきた女性が、私達を見てかん高い悲鳴をあげた。

毎晩コーネガルデ中をランニングしている私は、結構町の人達に知られている。馴染みの顔も沢山あるし、名前を知っている人もいるかも。

女性はこちらを指差して叫んだ。

「大変よ！　どんぐりちゃんが襲われているわ！」

これを聞きつけてあちこちから人が集まり出す。

「なんだって！　どんぐりちゃんが！」

「どんぐりちゃんが危ないって！」

「どんぐりちゃんが悪漢共に！」

「逃げて！　どんぐりちゃん！」

……あ、私、町の皆からどんぐりちゃんって呼ばれてるらしい。

あっという間に場は騒然となった。そして、道の向こうで雪煙が上がる。私は即座に纏うマナを減らした。

ドドドドドドドドッ！

買い物袋をなびかせ、セファリスが猛スピードで駆けてくる。

「私の妹に何してんのよ！」

怒声と共にカロヴィネさんに飛び蹴り。着地するや、くるりと振り向いた。

「もう大丈夫よ、トレミナ！　お姉ちゃんが来たからね！」

ああ、うん、全然大丈夫だったし、解決しかかっていたんだけどね。

目をやると、カロヴィネさんは雪に埋もれてのびていた。セファリスもそちらを見て、得意げに鼻を鳴らす。

「どんぐりって聞いて絶対にトレミナだと思ったわ。ところでトレミナ、さっきすごいマナ纏ってなかった？」

「さあ？　気のせいじゃない？」

「そっか、じゃランチに行きましょ。あ……、お姉ちゃん買い物しすぎて財布が空に……」

「はいはい、ごちそうしてあげるよ」

――――。


姉が私の〈闘〉を知るのは、これより少し後になる。

駆けつけた騎士団に連行されたカロヴィネさん達は、本部で取り調べられることになった。どうやら元ロン毛の人のお兄さんがコーネガルデに出入りしている業者だったみたい。彼を捕まえて通行証を奪い、なり代わったんだって。

今回の一件を受けて、ゲートでの検問はより厳しくなった。だけど、ある程度は想定済みだったんだと思う。入ってくる人はどんな手を使っても入ってくるだろうから。それゆえの教科書消滅魔法であり、私達の誓約義務なんだろう。

事件から数日後、カロヴィネさん達の国外退去処分が決まった。ずいぶん甘めの裁定だけど、まあ彼女達も制約書を書かされたんじゃないかな。

出立の日、お見送りしようと私はゲートに足を運んだ。一時は私の姉になろうとした人だしね。

「皆さん、お元気で。これは私のお気に入りのパン屋さんで買ったものです。沢山ありますので、道中、皆さんで召し上がってください」

「トレミナちゃん……、なんていい子なんだ。……ん？　どうして全部ジャガイモを使ったパンなの？」

袋を覗きこみながらカロヴィネさんが首を傾げる。

「え、本当ですか？　適当に選んだつもりだったんですけど」

「君、おっとりしているね。でもどれも美味しそうだ、ありがとう。次はこんな形じゃなく、きちんとした国の代表としてコーネルキアに来るよ。その日までトレミナちゃんも元気でな」

そう言い残し、彼女達は母国への帰路についた。

……カロヴィネさん、つくづくスパイには向いてない人だった。

追　章

ジャガイモの剣

Jagaimo nouka no muramusume,
Kenshin to utawarerumade.

統一暦八六七年四月上旬。

ノサコット村からコーネガルデへと戻り、学生寮に帰る前に、私とセファリスは魔導研究所に立ち寄ることにした。

私が村を守り、死なずに済んだのは、マリアンさんにもらった装備のおかげだ。少しでも早く感謝の気持ちを伝えたかった。

セファリスも研究所に用があるらしく、意気揚々とついてきた。遊びに行くわけじゃないよ。今日はお礼を言いに……。

そうだ、手ぶらで行くのも申し訳ないよね。焼き菓子の詰め合わせでも買っていこう。

お土産の定番である焼き菓子の名店、ゴルビョニさんへ。

「トレミナっておっとりしてるくせに、そういうとこはほんと気が利くわね」

買ったばかりのお菓子をその場で食べながらセファリスが笑う。

社会のマナーだよ。お姉ちゃんもちょっとはマナーを守って。ここは店内飲食できるタイプのお店じゃないでしょ。恥ずかしいから早く選んじゃおう。

とショーケースの中に並ぶお菓子に目をやる。あの色々入ってるのでいいかな。

「すみません、これください」

「あら、どんぐりちゃん。どこかにお土産ですか？」

私の顔を見た女性店員さんが声をかけてきた。

……ちなみに、私はこの町の皆からどんぐりちゃんと呼ばれている。知ったのは今年の初めだけど。

「はい、魔導研究所の方々に差し入れを」

「え、あそこに？　入るだけでも大変な場所ですよ。やっぱりどんぐりちゃん、ただ者じゃないですね……。でもそれなら、この詰め合わせ一つじゃ足りないかも」

「そんなに大勢いらっしゃるんですか？」

「私も詳しくは知りませんけど、これ、四つは必要だと思います」

「…………、六つください」

勤務している技師って一〇人くらいかと思ったけど、もしかしたら五〇人はいるのかも。研究所はかなり大きな建物だし、……神をも殺せる兵器を開発している所だしね。

セファリスと二人、ゴルビョニを六ケース持って魔導研究所の周囲を回るも、入口は見当たらず。

「店舗のほうから入るしかないんじゃない？」

「そうかも」

学生証を提示して併設された販売所に入店する。店員さん達（おそらく彼らも技師）にマリアンさんへの取り継ぎをお願いした。しばらくして奥に促される。

こちらにもゴルビョニを一ケース置いていくことに。

大層喜ばれる。さすがは焼き菓子の名店だ。

通路を歩いた先に、黒煌合金の装備をつけた男性騎士が二人。どちらも体格がよく、いかつめの風貌だね。彼らを見ながらセファリスが小声で囁いてきた。

「安心して。いざとなったら、お姉ちゃんが二人共やっつけるから」

仕事の邪魔をしちゃダメだよ、お姉ちゃん。

そしてここでも身分証を求められる。差し出すと、騎士達はやけにそわそわと。

「あの、どん……トレミナさん、先日のご活躍、伺っていますよ」

「上位種を二頭も倒すなんて、さすがどん……トレミナさんです」

間違いなく、揃ってどんぐりと言いそうになりましたよね？

「ありがとうございます。無理せず、どんぐりと呼んでくれて構いませんよ」

「め！　めっそうもないことです！」

「そうです！　これからナンバーズになられる方に！」

ナンバーズなんてなる気はないけど。なんにしても、私はまだ一一歳の子供なんだから、そんなに持ち上げられても困ってしまう。

「私一人の力じゃありません。ここにいるお姉ちゃんや皆が助けてくれたから、どうにか倒すことができたんです」

「なんて人格者だ！　さすがジル様の弟子！」

「そうだ！　我々ファンクラブを作りますよ！　ジル様のように！」

ジル先生、ファンクラブなんてあるんだ……。私は全力で遠慮しておきます。ほら、お姉ちゃんも止めて、……くれるわけないか。

「だったら私が会員番号一番よ！」

セファリスと騎士達は瞬く間に意気投合。

殴り倒すよりは断然いいけど、早く行こうよ。

散々盛り上がった後に、セファリスはゴルビョニを一ケース手渡した。

「じゃあ、今度改めてミーティングしましょ、会員番号二番、三番。これは私からの差し入れよ」

「ありがとうございます！　会長！」

「ミーティングまでに会員を集めておきます！」

……ゴルビョニの店員さんが言った通り、本当に入るだけでも大変な場所だった。まさか私のファンクラブができるとは。それにしても、会員番号二番と三番、いかついな……。

結局ゴルビョニは残り四ケースになったけど、まあ大丈夫だろう。

研究所の扉を開けた。目に飛びこんできたのは、広々とした吹き抜けの空間。その部分を中央に、周囲には一階二階と沢山の部屋がある。行き交う大勢の人々。

……どう見ても、百人以上はいるね。ゴルビョニ一〇ケースは必要だった……。

「よく来たね、トレミナ」

背筋のまっすぐ伸びたお婆さん、所長のマリアンさんが出迎えてくれた。今日はシャツの上に白衣を着ていて、相変わらずとてもかっこいい。

「マリアンさんにいただいた防具にすごく助けられました。今日はそのお礼を、と思いまして」

「律儀な子だね。話は聞いているよ。こんなに早くあの装備の出番が来るとは思わなかったがね。あれらが役に立ったとしても、よく生きて帰ってきたもんだよ」

「私も同感です。運が良かったのもありますが、やはりここで開発された魔導具のおかげなのは確かですので、皆さんに差し入れでもと。……と考えたんですけど、こんなに大勢いらっしゃるとは」

「本当に律儀な子だね。この研究所はリズが惜しみなく資金を注ぎこんでいるから、世界中から優秀な技師達が集まってくるのさ。それ、ゴルビョニかい？　センスいいね。そこのテーブルにでも広げておいてくれたら、皆適当に摘まんでいくよ」

言われた通り、卓上にゴルビョニ四ケースを開けて並べる。『ご自由にどうぞ』と貼り紙をすると、技師達は通り際に取っていってくれた。

ゴルビョニは大人気で、あっという間に全ケースが空に。

出遅れた人達が恨めしそうに空箱を眺める。

すみません、次は一〇ケース買ってきます。お姉ちゃんがいかついファンクラブに差し入れなきゃ、あと一ケースあったんですけど。

「そういえば、お姉ちゃんはどうして研究所に来たかったの？」

「そうそう、これよこれ」

セファリスは荷物から自分の双剣を取り出す。

「この魔剣に紋様を付けてもらいたくって。レゼイユ師匠やジル先生みたいに」

私も以前、ジル先生の黒剣を見せてもらったことがある。確かに、刃の部分に水を表すような紋様が施されていた。あんな感じにしたいんだね。

でも、紋様を付けたからって、技の威力が上がるわけじゃないよ。

私がこう言うと、マリアンさんが一本のナイフを持ってきた。

「そうとは言い切れないのさ。見てごらん」

彼女がマナを込めると、刃の紋様が輝き出した。

これを見たセファリスが即座に、「かっこいい！」と叫ぶ。

「気分が上がるとマナの質も上がるんだよ。装備を気に入ってるかどうかというのは結構重要なんだ。トレミナも付けてみるかい？」

どうしようかな、私の場合はあれで気分が上がることはそんなにないと思うんだけど。そうだとしても、リズテレス姫にもらった大事な剣だし、気に入ったものにしなきゃ失礼かも。

よし、だったら紋様はアレしかない。

「お願いします。私の剣にジャガイモを刻んでください」

またセファリスが「ちょっと待った！」と叫んだ。

「よく考えて！　一生使うかもしれない剣なのよ！」

「わかってるって。だからジャガイモにするんだよ」

「この子！　イモと共に人生を歩む気だわ！」

当然だよ、騎士にはなったけど、ジャガイモ農家になる夢も諦めてない。

目をやると、なぜかマリアンさんも渋い表情になっていた。

「私もそのセンスはどうかと思うさね」

え……。

私が固まっている間に、マリアンさんは人を呼びに行った。連れてきたのはどことなくおしゃれな技師達。

「うちのデザイン部の子達だ。二人共、彼らに要望を伝えるといいよ。トレミナは……、習得予定の属性でも伝えておきな」

私は地属性にするつもりだと伝え、デザインは皆さんにお任せすることにした。私、食べ物以外のセンスは微妙なようなので……。

チームのリーダーらしき女性に剣を渡した。

「どんぐりちゃんの武器を担当できるなんて光栄よ。全力でどんぐりちゃんにふさわしい剣に仕上げるわ」

……どんぐりを刻むのはやめてくださいね。

完成するまで、セファリスがくすねておいたゴルビョニでお茶を飲むことに。

マリアンさんに促されてノサコット村での戦いの話を始めると、技師達も周りに集まってきた。そうこうしている間に、まずデザイン画が手元に届く。

見るなりセファリスは大興奮だ。

「すごくいいです！　私はこれで！」

「私も、これでお願いします」

それから一時間ほどして、私達の剣は完成した。

セファリスが双剣にマナを流すと、片方の刃では火の紋様が、もう片方の刃では雷の紋様が、それぞれオレンジ色と紫色の光を放った。

「まさに魔剣だわ！　めちゃ気分上がる！」

お姉ちゃん、本当にマナが高まってる。やっぱり気持ちがマナに現れやすいタイプらしい。

続いて私も剣にマナを込める。

植物のツタを模した紋様が、刃の上で穏やかな緑色の光を湛えた。

デザイン部リーダーの彼女は満足げな笑み。

「どんぐりちゃんならいずれ植物も操れるようになるだろうから」

「それってかなり熟練の地使いじゃないと無理だと聞きますが、私にできるでしょうか」

私の視線に、マリアンさんは力強いうなずきを返した。

「心配ないさね、〈錬〉るのが得意なトレミナはきっと誰よりも地属性を極めることになるだろうよ。

……本来、大地と植物は全く異質なものだが、この世界ではなぜか地属性のマナで両方とつながることができる。トレミナならその謎も解明できるかもしれないね」

……地属性の、謎。

よくわからないけど、地属性を極めれば素晴らしいジャガイモが作れるかもしれないよね。

私が剣を構えると、技師の皆さんから拍手が。

静かに輝きを放つ刃を改めて見つめる。とても綺麗だし、前よりこの剣を好きになった気がするよ。

どことなく、気分も上がったような、感じがしないでもない。

あ、なんだか、青々と繁るジャガイモ畑が目に浮かんできた。

「ありがとうございます。すごく気に入りました」

『この剣と共に、私はこれからいくつもの戦いを経験することになる。

やがて地属性の謎とも向き合う事態になるけど、それはずっと先の話。当時の私はといえば、本当にジャガイモのことしか考えていなかった。

まったく、どうしようもないどんぐりだよ……。

でも、いずれそれだけじゃ済まされなくなってくる。

この年から、私の人生は大きく動き始めるんだから。あまりの慌ただしさに、私だってそうそうおっとりしていられなかった。いや、結構おっとりしてたかな。

何にしてもこれは、私と多くの仲間達、そして、この世界の物語。

最後までお付き合いいただけると嬉しいよ。

剣神（兼ジャガイモ農家）

トレミナ・トレイミーの回顧録』

《了》

ジャガイモ農家の村娘、剣神と謳われるまで。

Jagaimo nouka
no muramusume,
Kenshin to
utawarerumade.

あとがき

この小説を手に取っていただき、有難うございます。

私にとって、初めての書籍となります。応援してくださる皆さんのおかげで、ここに辿り着くことができました。これからは恩返しする気持ちで物語を書いていきたいと思います。

ご存知の方もいらっしゃるでしょうが、この物語はネット小説発です。ですので、書籍をご購入いただいた方には特典となるようなストーリーを、という想いが強くあります。

より面白く、そして、より深く物語を知っていただけるような話をお届けできればと。

そういった意図から、追章はおまけではなく、割と物語の核となる部分を書いていきます。ただ堅苦しくならないように、ほのぼのや笑いの要素もしっかり入れていきたいところです。

……今回はそちらの要素が強くなってしまいましたが。

物語の進行具合からご容赦願います。

元々、追章は一つだったのですが、せめて量で補おうと字数の限界まで入れた結果、ほのぼのが二つ並ぶことに。それでも楽しんでいただけたなら幸いです。

追章『コーネガルデのどんぐり』は以前から考えていました。

トレミナが誘拐されそうになる話を書いてみたくて。無垢などんぐりと思いきや、実は怪物だった、的な。結構、予想通りの展開ではなかったかな、と思います。

追章『ジャガイモの剣』は、黒兎先生のカバーイラストから発想を得た話です。

最初、トレミナの剣は鉄素材のような白剣で、黒剣にしてくださいとお願いしたところ、あのような綺麗な模様が。これで話を作れないかな、と書き始めました。やはりカバーになっているので何とか一巻であの紋様にしたいなと。

ついでにファンクラブも作ってみました。

今回はトレミナ×2の追章になりましたが、次巻からは色々な人が登場します。

やはり毎巻、追章を二つくらいは入れたいところです。二巻は一つですでに字数制限を超えているのですが、もう一章入らないか聞いてみましょうかね。

本編含め、この物語ではトレミナを中心に色々な人（神獣）の人（神）生を描いていきます。

どれか一つでもあなたの心に響けば、と思います。

そんな物語が書けるように、これからも頑張ります。

有郷　葉

唯一無二の最強テイマー
～国の全てのギルドで門前払いされたから、他国に行ってスローライフします～
原作：赤金武蔵　漫画：田村紘一
キャラクター原案：LLLthika
異世界還りのおっさんは終末世界で無双する
原作：羽々音色　漫画：ダンタガワ
処刑された聖女は死霊となって舞い戻る
原作：緒二葉　漫画：蚊
キャラクター原案：みなせなぎ

雷帝と呼ばれた最強冒険者
魔術学院に入学して
一切の遠慮なく無双する
原作：五月蒼　漫画：こばしがわ
キャラクター原案：マニャ子
モブ高生の俺でも
冒険者になれば
リア充になれますか？
原作：百均　漫画：さぎやまれん
キャラクター原案：hai
魔物を狩るなと言われた
最強ハンター、
料理ギルドに転職する
原作：延野正行　漫画：奥村浅葱
キャラクター原案：だぶ竜
COMIC NOVA ノヴァ
https://www.123hon.com/nova/
話題の作品
続々連載開始!!

転生貴族の異世界冒険録
～カインのやりすぎギルド日記～
原作：夜州
漫画：佐々木あかね
キャラクター原案：藻
レベル１の最強賢者
原作：木塚麻弥
漫画：かん奈
キャラクター原案：水季
我輩は猫魔導師である
原作：猫神研究信仰会
漫画：三國大和
キャラクター原案：ハム

神獣郷オンライン！
原作：時雨オオカミ
漫画：春千秋
ウィル様は今日も
魔法で遊んでいます。ねくすと！
原作：綾河ららら
漫画：秋嶋うおと
キャラクター原案：ネコメガネ
バートレット英雄譚
原作：上谷岩清
漫画：三國大和
キャラクター原案：桧野ひなこ
コミックポルカ
COMICPOLCA
話題のコミカライズ作品を続々掲載中！
毎週金曜更新
公式サイト
https://www.123hon.com/polca/
Twitter
https://twitter.com/comic_polca
コミックポルカ
検索

我輩は猫魔導師である
～キジトラ・ルークの快適チート猫生活～
1～3巻好評発売中！
猫神信仰研究会
nekogami sinkou kenkyuukai
転生したらチートな猫でした！
目指せ！三食昼寝付きのペットライフ！
©nekogami sinkou kenkyuukai

追放された不遇職『テイマー』ですが
2つ目の職業が
万能職『配合術師』だったの
俺だけの最強パーティを作ります
1巻発売中！
Shitaka Siki
志鷹 志紀
illust. 弥南せいら
最弱モンスターをかけ合わせ
スライム ベビードラゴン ベビーウルフ
ラスボス級の
仲間を作り出す!!!!!!
捨てられテイマーがセカンドジョブで最強無双の魔物使いに!!
©Shitaka Shiki

ジャガイモ農家の村娘、剣神と謳われるまで。 1

発　行
2023年4月14日　初版発行

著　者
有郷　葉

発行人
山崎　篤

発行・発売
株式会社一二三書房
〒101-0003　東京都千代田区一ツ橋2-4-3 光文恒産ビル
03-3265-1881

編集協力
株式会社パルプライド

印　刷
中央精版印刷株式会社

作品の感想、ファンレターをお待ちしております。
〒101-0003　東京都千代田区一ツ橋2-4-3 光文恒産ビル
株式会社一二三書房
有郷　葉 先生／黒兎ゆう 先生

Printed in Japan, ISBN 978-4-89199-953-7 C0093
※本書は小説投稿サイト「小説家になろう」（https://syosetu.com/）に
掲載された作品を加筆修正し書籍化したものです。